U0582017

感动系列

和天使一起成长

——感动小学生的 100 个母亲

◎总主编：刘海涛
◎主　编：滕　刚

九州出版社 JIUZHOUPRESS 全国百佳图书出版单位

图书在版编目（CIP）数据

　　和天使一起成长：感动小学生的 100 个母亲 / 滕刚主编.
—北京：九州出版社，2005.8（2021.7 重印）
　　ISBN 978-7-80195-383-4

　　Ⅰ. 和...　Ⅱ. 滕...　Ⅲ. 文学–作品综合集–世界
　　Ⅳ. I11

　　中国版本图书馆 CIP 数据核字（2005）第 097102 号

和天使一起成长：感动小学生的 100 个母亲

作　　者	刘海涛 总主编　腾　刚 主编
出版发行	九州出版社
地　　址	北京市西城区阜外大街甲 35 号（100037）
发行电话	(010)68992190/2/3/5/6
网　　址	www.jiuzhoupress.com
电子信箱	jiuzhou@jiuzhoupress.com
印　　刷	北京一鑫印务有限责任公司
开　　本	787 毫米 × 960 毫米　16 开
印　　张	12
字　　数	230 千字
版　　次	2005 年 9 月第 1 版
印　　次	2021 年 7 月第 8 次印刷
书　　号	ISBN 978-7-80195-383-4
定　　价	32.00 元

目　录

赤 爱 如 火

橙 色 心 事

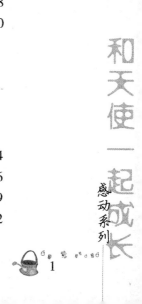

黄花遍地

绿 草 依 依

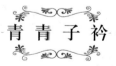

青 青 子 衿

和天使一起成长

感动系列

赤爱 如火

和天使一起成长

天上的云　是你如絮的白发
天上的雨　是儿子飘飞的泪
岁月的手　在这无声的风雨中
过早地抽走了你腰间的硬朗
你的双眼　已望成深井
望成一口只流关切的泉

母亲跪在阁楼内的墙下,双手向上高高举起,保持着托举的姿势。

母亲的姿势

● 文/吴志强

这是一个真实的故事。他们就住在一套用木板隔成的两层商铺里。母亲半夜起床上厕所,突然闻到一股浓浓的烟味,便意识到家中出事了。等丈夫从梦中惊醒,楼下已是一片火海,全家两个女儿三个儿子以及两个雇工都被困在大火中。

孩子们被叫醒后,各个如受惊的小兔子,逐一聚拢到母亲身边。幸好阁楼上的天花板只有一层,砸开它,就可以攀上后墙逃生。绝望之余,父亲带着两个雇工砸开天花板,并第一个抢先翻过墙头。

父亲出去后,再也没回来,他只顾呼唤邻居救火。高墙里面,大火离母亲和五个孩子越来越近了,五个孩子中,最高的也只有一米五四,而围墙竟有两米多高,他们没有一个人能够单独攀上去。幸运的是,墙头上有一个雇工留了下来。他一手抓紧房顶横梁,另一只手伸向墙内的母亲和孩子。

"别怕,踩着妈妈的手,爬上去!"母亲蹲在地上,抓牢大儿子的脚,大儿子用力一蹬,抓住雇工的手攀上墙头翻身脱离了险境。用同样的办法,母亲把二儿子和小儿子一一举过了墙。

此刻,火舌已舔到脚掌,母亲奋力抓起二女儿。此时,她的力气已用尽,浑身不停地颤抖。大女儿急中生智,协助妈妈把妹妹举过了墙。火海中,仅剩母亲和大女儿。大火已卷上了她们的身体,烧着了她们的衣服。大女儿哭着让妈妈离开,但母亲坚决地将大女儿拉了过来,拼尽最后一口气,将大女儿托过墙头。当雇工再次把手伸向母亲的时候,她竟然连站立的力气也耗尽了。转眼间,便被大火吞没了。

墙外,五个孩子声泪俱下地捶打着墙,大喊着"妈妈"。而墙内的母亲再也听不见了,永远地闭上了眼睛。

消防人员赶到,二十分钟便将大火扑灭。人们进去寻找这位母亲,看到了极为悲壮的一幕:母亲跪在阁楼内的墙下,双手向上高高举起,保持着托举的姿势。

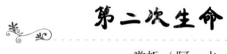

第二次生命

赏析/阿 水

这位母亲的壮举令人不得不为之动容,重要的是这是真实的故事,没有任何的艺术夸张成分,更显现出母爱的伟大。

为了把孩子送出火海,母亲拼尽全力,最终自己葬生火海,死的时候还保持着托举孩子逃生的姿势。母亲把孩子带到这个世界,遇到灾难的时候,她毅然选择自己牺牲,给予孩子第二次生命。想像母亲托举起孩子第二次生命的动作,母爱的伟大已印在你我的心中。

看着这位坚强的母亲，我更愿意相信这份爱的礼物能超越生与死的界限。

八块五毛钱

● 文/佚 名

一天中午，一个捡破烂的妇女，把捡来的破烂物品送到废品收购站卖掉后，骑着三轮车往回走，经过一条无人的小巷时，从小巷的拐角处，猛地窜出一个歹徒来。这歹徒手里拿着一把刀，他用刀抵住妇女的胸部，凶狠地命令妇女将身上的钱全部交出来。妇女吓傻了，站在那儿一动不动。歹徒便开始搜身，他从妇女的衣袋里搜出一个塑料袋，塑料袋里包着一沓钞票。歹徒拿着那沓钞票，转身就走。这时，那位妇女反应过来，立即扑上前去，劈手夺下了塑料袋。

歹徒用刀对着妇女，作势要捅她，威胁她放手。妇女却双手紧紧地攥住盛钱的袋子，死活不松手。妇女一面死死的护住袋子，一面拼命呼救，呼救声惊动了小巷子里的居民，人们闻声赶来，合力逮住了歹徒。

众人押着歹徒搀着妇女走进了附近的派出所，一位民警接待了他们。审讯时，歹徒对抢劫一事供认不讳。而那位妇女站在那儿直打哆嗦，脸上冷汗直冒。民警便安慰她："你不必害怕。"妇女回答说："我好疼，我的手指被他掰断了。"

说着抬起右手，人们这才发现，她右手的食指软绵绵地耷拉着。宁可手指被掰断也不松手放掉钱袋子，可见那钱袋的数目和分量。民警便打开那包着钞票的塑料袋，顿时，在场的人都惊呆了，那袋子里总共只有八块五毛钱，全是一毛和两毛的零钞。

为八块五毛钱,一个断了手指,一个沦为罪犯,真是太不值得了。

一时,小城哗然。民警迷惘了:是什么力量在支撑着这位妇女,使她能在折断手指的剧痛中仍不放弃这区区的八块五毛钱呢?

他决定探个究竟。所以,将妇女送进医院治疗以后,他就尾随在妇女的身后,以期找到问题的答案。但令人惊讶的是,妇女走出医院大门不久,就在一个水果摊儿上挑起了水果,而且挑得那么认真。

她用八块五毛钱买了一个梨子、一个苹果、一个橘子、一个香蕉、一节甘蔗、一枚草莓,凡是水果摊儿上有的水果,她每样都挑一个,直到将八块五毛钱花得一分不剩。民警吃惊地张大了嘴巴。难道不惜牺牲一根手指才保住的八块五毛钱,竟是为了买一点水果尝尝?妇女提了一袋子水果,径直出了城,来到郊外的公墓。

民警发现,妇女走到一个僻静处,那里有一座新墓。妇女在新墓前伫立良久,脸上似乎有了欣慰的笑意。

然后她将袋子倚着墓碑,喃喃自语:"儿啊,妈妈对不起你。妈没本事,没办法治好你的病,竟让你刚十三岁就早早地离开了人世。还记得吗?你临去的时候,妈问你最大的心愿是什么,你说:我从来没吃过完好的水果,要是能吃一个好水果该多好呀。妈愧对你呀,竟连你最后的愿望都不能满足,为了给你治病,家里已经连买一个水果的钱都没有了。可是,孩子,到昨天,妈妈终于将为你治病借下的债都还清了。妈今天又挣了八块五毛钱,孩子,妈可以买到水果了,你看,有橘子、有梨、有苹果,还有香蕉……都是好的。都是妈花钱给你买的完好的水果,一点都没烂,妈一个一个仔细挑过的,你吃吧,孩子,你尝尝吧……"

爱的礼物

赏析／杜 蘅

　　为了保住八块五毛钱宁愿一根手指被掰断，值得吗？故事中以捡破烂为生的主人公肯定会理直气壮地回答：值。

　　儿子病死前带着没有吃到好水果的遗憾，这位母亲为无法满足这个简单的愿望而愧疚不已。这八块五毛钱不仅是她一天的全部收入，更重要的是这八块五毛钱是她实现儿子心愿的惟一资本，为了保护爱的礼物，母亲会为此拼命。

　　我们都知道人一旦离开了人世，其他人再为他做任何事情都无意义了，但是看着这位坚强的母亲，我更愿意相信这份爱的礼物能超越生与死的界限。

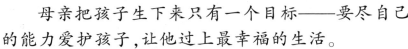

母亲把孩子生下来只有一个目标——要尽自己的能力爱护孩子,让他过上最幸福的生活。

母爱的姿势

●文/卢守义

阔别故乡整整五年,我终于又回到了那个生我养我,令我无时无刻不在魂牵梦萦的边陲小城。

几年不见,母亲已明显衰老。挺拔的腰肢已经微驼,满头乌黑的头发似被霜打,惟有那双眼神却没有变——略显浑浊的眸子里依旧闪烁着善良慈爱的光芒……

入夜,母亲执意让长大成人的我像儿时那样,和她同睡在一张板床上。我知道,这是她对母爱一种最直接、最近距离的表达方式。半夜,我忽然被一阵阵剧烈的咳嗽声吵醒:只见母亲把双手垫在胸前俯卧在板床上,似睡非睡地一声接一声地咳嗽着……此情此景,令我心头一阵发烫,母亲这种特定的睡眠姿势,我太熟悉太熟悉了,它陪伴我度过了从小学到初中整整九年的漫漫时光。

小时候,我贪玩,不到月上中天断然不肯爬上板床的。所以,早晨往往睡过头,上学迟到。就那时窘迫的家境而言,报时的闹钟是买不起的。每当由于上学迟到,班主任赶到家中"兴师问罪"时,母亲总会那样真诚地做着检讨:"小孩子上学迟到,是我这当妈的提醒不周,以后一准不了,一准不了!"此后,每当我后半夜从梦酣中一觉醒来,总会看见母亲躺在被窝里,两眼注视着窗外的星空久久不敢入眠。我知道,她不敢入眠,是生怕儿子上学迟到啊!直到突然有一天早晨,母亲由于长期失眠昏倒后被送进医院,才被父亲知晓了内情——父亲怒不可遏地向母亲下了"禁令"。

母亲出院后,已不再半夜无眠地熬到天明了,可我却从来没有迟到过。每天早晨母亲都会准时地把我喊醒。我曾不止一次地问母亲,为什么会这么准时?她总是笑而不言,直到后来我发现母亲的睡眠已经换了个姿势:把双手压在胸前俯卧入睡。准时奥妙是不是出在这里?母亲的这种睡姿一直陪伴了我从小学到初中整整九年。后来,升入高中,考上大学之后,我在学校住宿,可每每回家小住,发现母亲依旧保持着这种深睡状态。长此以往,在这种睡姿的帮助下,母亲竟形成了一种条件反射,所以报时十分准确。当时,我只觉得母亲很智慧。

此次故乡小住,再一次看到母亲的这种睡姿。已经懂得知识、见过世面的我,不禁泪眼婆娑。母亲的独特睡姿已经无法改变。这已经成了她的一种生活习惯。然而,这种经年累月的睡姿,已经对母亲的健康带来了极大的潜在危害,右肺已经不张,彻夜咳嗽不止。

母爱,是世界上最博大无私,最深厚沉重的一种爱的样式。人世间,有什么姿势能比母爱的姿势更情意绵绵,足可以使她们的子女享用一生呢?!

"善待"自己就是善待儿子

赏析／敏　敏

　　《母爱的姿势》塑造了一位朴素善良的母亲形象，她那坚持了几十年的睡觉姿势非常独特，让人过目不忘也让人佩服不已——她是把双手压在胸口前俯卧在板凳上睡觉的。这种睡姿会使人长期处于不舒服、压抑的状态，因此不能熟睡，而只能半睡半醒。

　　母亲这样"善待"自己是为了每天早上能准时叫醒儿子上学，并培养孩子良好的时间观念。母亲的这种独特睡姿陪伴了孩子在家上学的九年时间，到后来，睡姿无法改变，意味着母亲一生都得彻夜咳嗽不止地睡觉！试想，忙碌了一整天的母亲到了晚上也不能睡好，过得多累啊！

　　鲜花生命中只有一个目标——要开放出最灿烂的花朵，母亲把孩子生下来也只有一个目标——要尽自己的能力爱护孩子，让他过上最幸福的生活。

那是发自内心、伟大无私的爱的表达式,血浓于水,为了孩子,母爱能创造出奇迹。

最勇敢的妈妈

●文/[美]戴维·贾内利

那是一个星期五,我们接到布鲁克林的一起火警报告后迅速赶到了现场——一座熊熊燃烧的停车场。我在穿戴消防装备时隐约听到几声猫叫,但是我没有时间也不可能靠近,我决定等火势控制住了再过去查看。

停车场的火势异常凶猛,除了我们还有其他消防部门也加入了战斗。

报告说建筑物里的所有人都已经安全撤离。但愿如此——整个停车场浓烟滚滚,新的火苗不断地从各个角落蹿出来,想冲进现场救人是不可能的。即使有人困在火里,任何营救的努力也是徒劳。最后,经过无数消防队员近一个小时的奋力扑救,漫天的火势总算被控制住了。

我终于腾出空去寻找那几只可怜的猫咪,从我站的地方仍然可以听到它们的叫声。烧毁的建筑物冒着滚滚的浓烟,一阵阵热浪扑面而来。我的眼睛基本看不清什么,但我随着"喵喵"的叫声找到了人行道边大约离停车场五步远的地方。

在那里,三只吓坏了的小猫正紧紧地挤在一起,不停地叫着。之后我又发现另外两只,一只在人行道中间,一只在道的另一边。它们肯定是从火场里出来的,因为它们的毛都或轻或重地被火烤焦了。好心的同伴为它们找来一个纸盒儿,我把盛着小猫的纸盒抱到一个安全的位置,开始寻找猫妈妈。

很显然,猫妈妈冲进了停车场,从火场里一个个地把小猫救了出来。一连五次返身冲进肆虐的大火、滚滚的浓烟中——即使对于我这个经过特种训练的消防队员,这也是无法想像的,更何况是天生怕火的动物。猫妈妈试图把宝宝们带到人行道另一边的安全地带,但是她没有完成心愿,她现在在哪?怎么样了?

有人说好像在停车场边的空地上看见一只猫,那里离我找到最后一只小猫的位置很近。不错,她的确在那儿,躺在地上,无力地呜呜叫着。她的眼睛由于烧伤根本睁不开,四肢被烧得发黑,全身的毛都被烧焦了。透过烧糊的绒毛我甚至可以看到她深红色的皮肉。她已经累得不能动了,估计她不是家猫,不习惯同人接近。我尽量轻轻地靠近,温和地对她说着话。当我把她抱起来时,她疼得叫了一声但并没有反抗。可怜的家伙浑身散发着皮肉烧焦的臭味,她精疲力竭地看了我一眼,然后信任地在我的怀里躺下来。

我把她抱回放小猫的地方,这只失明的猫妈妈在盒子里焦急地巡视了一圈,用鼻子碰了碰每只猫宝宝,一个接一个,直到确定他们都在,都安全,这才放心地躺下了。

看着这一幕,我的喉咙发紧,目光模糊了。我决心尽力救护这只勇敢的猫妈妈和她的全家。

六只猫咪显然需要立即治疗。我想起长岛的千家动物救护中心。十一年前我曾经把一只严重烧伤的牧羊犬送到他们医院。我给救护中心打电话,告诉他们一只烧伤的猫妈妈和她的小猫急需治疗。然后仍然穿着烟熏火燎的消防服,开着卡车以最快的速度赶到那儿。当我的消防车开进停车场时,一组兽医和技术人员已经等在那了。

他们飞速地把猫咪们接进急救室,一队兽医在一张手术台上抢救小猫们,旁边的手术台上是另一队人马救护猫妈妈。

极度疲惫的我站在急救室外,猫咪们生还的可能性不大,但我不想离开。我对它们已经产生了深厚的感情。几小时之后一位大夫终于走出急救室,她的脸上挂着微笑,对我伸出一个大拇指:六只猫咪都得救了！猫妈妈的眼睛也有希望复原。

恢复室里，刚刚苏醒的猫妈妈又一次查点自己的孩子，她用鼻子碰了碰每只小猫的鼻子。她一连五次冒着生命危险冲进大火，她的牺牲没有白费，孩子们个个都平安无事。

母亲的天性

赏析／邱　旭

看到这个故事的题目时，就能感受到母亲的爱，但这个故事讲述的主角却是一只猫。猫妈妈不畏熊熊的烈火，勇敢地把孩子从火海中救出来。这种顽强的精神，是母爱的集中体现。那是发自内心、伟大无私的爱的表达式，血浓于水，为了孩子，母爱能创造出奇迹。

"人类是因为有感情才成为高级动物"。母亲对自己孩子的爱就是天性，猫的母爱都如此，那么人类的母爱更难以表达于言语之中。

狼最凶悍的时候也就是它最有情的时候，因为那是它在捍卫孩子的生命！

母　爱

● 文／毕淑敏

"仅次于人的聪明的动物，是狼，北方的狼。南方的狼是什么样，我不知道。不知道的事不瞎说，我只知道北方的狼。"

一位老猎人，在大兴安岭蜂蜜般黏稠的篝火旁，对我说。猎人是个渐趋消亡的职业，他不再打猎，成了护林员。

我说："不对。是大猩猩。大猩猩有表情，会使用简单的工具，甚至能在互联网上用特殊的语言与人交流。"

"我没见过大猩猩，也不知道互联网是什么东西。我只见过狼。沙漠和森林交界地方的狼，最聪明。那是我年轻的时候啦……"老猎人舒展胸膛，好像恢复了当年的神勇。

"狼带着小狼过河，怎么办呢？要是只有一只小狼，它会把它叼在嘴里。若有好几只，它不放心一只只带过去，怕它在河里游的时候，留在岸边的子女会出什么事。于是狼就咬死一只动物，把那动物的胃吹足了气，再用牙齿牢牢系住蒂处，让它胀鼓鼓的好似一只皮筏。它把所有的小狼背负在身上，借着那救生圈的浮力，全家过河。"

"有一次，我追捕一只带有两只小崽的母狼。它跑得不快，因为小狼脚力不健。我和狼的距离渐渐缩短，狼妈妈转头向一座巨大的沙丘爬去。我很吃惊。通常狼在危急时，会在草木茂盛处兜圈子，借复杂地形伺机逃脱。如果爬向沙坡，狼虽然爬得快，好像比人占便宜，但人一旦爬上坡顶，就一览无余，狼就再也跑不了了。"

13

　　"这是一只奇怪的狼,也许它昏了头。我这样想着,一步一滑爬上了高高的沙丘。果然看得很清楚,狼在飞快逃向远方。我下坡去追,突然发现小狼不见了。当时顾不得多想,拼命追下去。那是我平生见过的跑得最快的一只狼,不知它从哪儿来的那么大的力气,像贴着地皮的一支黑箭。追到太阳下山,才将它击毙,累得我几乎吐了血。"

　　"我把狼皮剥下来,挑在枪上尖往回走。一边走一边想,真是一只不可思议的狼,它为什么如此犯忌呢?那两只小狼到哪里去了呢?已经快走回家了,我决定再回到那个沙丘看看。快半夜才到,天气冷极了,惨白的月光下,沙丘好似一座银子筑成的坟,毫无动静。我想真是多此一举,那不过是一只傻狼罢了。正打算走,突然看到一个隐蔽的凹陷处,像白色的烛光一样,悠悠地升起两道青烟。"

　　"我跑过去,看到一大堆干骆驼粪。白气正从其中冒出来。我轻轻扒开,看到白天失踪了的两只小狼,正在温暖的驼粪下均匀地喘着气,做着离开妈妈后的第一个好梦。地上有狼尾巴轻轻扫过的痕迹,活儿干得很巧妙,在白天居然瞒过了我这个老猎人的眼睛。"

　　"那只母狼,为了保护它的幼崽,先是用爬坡延迟了我的速度,赢得了掩藏儿女的时间。又从容地用自己的尾巴抹平痕迹,并用全力向相反的方向奔跑,以一死换回孩子的生存。"

　　"熟睡的狼崽鼻子喷出的热气,在夜空中凝成弯曲的白线,渐渐升高……"

　　"狼多么聪明!人把狼训练得蠢起来,就变成了狗。单个儿的狗绝对斗不过单个儿的狼,这就是我想告诉你的。"老猎人望着篝火的灰烬说。

　　后来,我果然在资料上看到,狗的脑容量小于狼。通过训练,让某一动物变蠢,以供以役使,真是一大发明啊。

捍卫生命

赏析／悠弥儿

狼是一种非常凶狠的猛兽,在老猎人眼中,狼不仅是凶猛的,而且是聪明机智的动物。

被追捕的母狼一直都没有因为小狼拖后腿而离开小狼单独逃走,相反是在千钧一发之际机智地冒险躲过猎人的视线,在猎人放松警惕的情况下安置小狼在安全处,然后全力向反方向跑,老猎人形容它是平生见过的跑得最快的狼,它当然要拼尽全力逃命,因为它肩负着使狼崽安全脱离危险的责任,狼最凶悍的时候也就是它最有情的时候,因为那是它在捍卫孩子的生命!

看来,母性是所有动物所共有的。

母猴为了保护幼子的安全而任凭众猴围攻撕咬,而幼子在母亲的身体围城中得以安然无恙。

猴子嬉戏的况味

●文/孙见喜

有一次,领孩子去游动物园。看了白天鹅,看了长颈鹿,本想从猴山绕过去,竟没拗过孩子。我本不喜欢猴子,咋咋呼呼,打打闹闹,抠起屁眼儿来也不管有人没人,很是没有修养。

孩子看得津津有味,又是丢瓜子,又是抛蛋糕,猴儿们在下边争夺,他很开心。一位小姑娘一时高兴,竟把小手帕也丢了下去,这下可引发了一场大战,猴儿们为了得到那方红手帕,开始了激烈的抢斗。先是一青年猴子抢到,奔上山石,正洋洋得意,铁索上横空蹿下一个小猴,爪子一闪那红手帕就被它掠走蹦上铁索。它在铁索上晃悠,红手帕顶在头上,甚是得意。有几只泼猴就在两头摇铁索,试图把它抖下去。对阵良久,小猴自己从铁索上跳下,那几只就在后头追,直追得天昏地暗,小猴终于被围。争夺中,红手帕被撕成了布条儿,然后,猴儿们各自拿着红布条儿,玩味一阵,无趣,又都抛到地下。

一只母猴坐着剥吃花生,一只脚踩住幼猴的尾巴。幼猴是她的孩子,很淘气,总要挣脱。母猴几次把它揽回来,换着脚踩牢那小尾巴。幼猴终于捡到了一绺红布条儿,很认真地在那里欣赏。突然,一只大公猴扑来,一把打掉幼猴拿的红布条儿!说时迟,那时快,那母猴倏然跃起,狠狠咬了公猴一口。公猴逃了,嗷嗷叫着,幼猴迅速伏到妈妈肚下,抓紧皮毛。母猴捡起那条红布条儿给自己的孩子,又机警地望着四周。

四周潜藏着危机。那公猴领来一帮泼猴向母猴包围过来,圈子越缩越小。猛然,那母猴搂紧幼猴平地跳起,攀上石崖逃命,那一帮猴子就在后边追,母猴几乎跑遍了整个猴山。

终于没有逃脱,她被围着撕咬,皮毛一片片落在地上。母猴从崖上滚到崖下,四肢紧搂着她的孩子,任身上被咬得血痕斑斑。

终于,观者众怒,一齐掷打,一齐呼喊,才救了那母子。

母猴抱着受惊的宝贝儿,木呆呆地坐在独石上,蓦然,她仰天长啸,声惊天地。一时间,有四只青年猴子乖乖来到她面前,低头,半跪状。母猴先咧开嘴唇,将那黄牙冲他们龇了龇,突然,她举掌抽打这四个猴青年,风暴一般,猴青年没有反抗。

在母亲最困难的时候,这四个已长大的孩子没有搭救她。

那只幼猴贴着母腹,惊慌的目光一闪就躲了去。那心爱的红布条儿还在手里拿着。

母爱是血的连系。

孩子没有看懂这一幕,依旧往下边扔糖果。突然,他问我:"爸爸,你怎么哭了?!"

猴子版幼子保卫战

赏析／陈若贤

这是一场猴子版幼子保卫战,其中的母猴既是一位可亲的慈母又是一位可敬的严母。

公猴恃强凌弱抢走幼猴捡到的红布条,母亲为了捍卫幼子的尊严而气愤咬了公猴,不料却招至横祸。公猴率领一群泼猴追捕母猴,最感人的一幕是:孤军奋战的长亲不敌众猴,为了保护幼子的安全而任凭众猴围攻撕咬,而幼子在长亲的身体围城中得以安然无恙。

母猴深懂为母之道,爱罚分明,犯了错一定要严惩!在危急时刻又会挺身而出,保护子女。动物界中同样存在着感人的母爱。

> 这世上拥有两只手的人多的是，而真正有力量者，一只手也就够用了。

一只手的力量

●文/张小失

中途，一位妇女上了中巴，左手抱小孩，右胳膊挽着一袋肉。没有人给她让座位，我只好从发动机盖子上站起身，说："将就一下，你坐这里吧。"

她感激地笑笑。她显然很疲惫，衣服也不整洁，像是个常做小买卖的。怀中的孩子不过两岁，黑黑的，胖胖的，挺敦实。

她将那袋肉放在司机座位后，美美地舒了口气，坐在盖子上，稳稳地抱着孩子。

不久，下去几名乘客，车厢空了许多，但仍然没有座位。

我无聊地望着外面，耳际是发动机的响声。就在这貌似平静的时刻，忽听司机一声惊叫，车身"嘎——"一扭，差点没把我甩出窗外！紧接着，"轰隆"一声，中巴似乎被弹起。

我头晕目眩，手下意识地攥紧栏杆，但巨大的惯性仍然将我抛向车后。

这时，又是"轰隆"一声，中巴骤然停止。

惊魂未定。车内一片哭爹骂娘声。我发现，中巴此刻整个翘了起来，车尾还在地上，而车头却搭上一堵矮墙，车身与地面约成四十五度夹角！

车祸！我忽然记起抱孩子的妇女，回头一看，见她左手牢牢地抓着司机座位上的钢丝，右胳膊紧紧抱着孩子，半吊在空中。

车门被人打开了，大家鱼贯而出。妇女下车时，我想帮她抱一下孩子，她笑道："不用，只是，麻烦你……"

她努努嘴，是指掉在座位上的那袋肉。下车后，我拎着肉找到她，见她正瞅左手掌，她的左手掌乌青色，渗出血来，显然是钢丝勒的。当我递上肉的时候，她伸出右胳膊来——手腕处光秃秃的！竟然没有右手！当中巴弹起时，我双手都难以抓住栏杆，而她抱着孩子，居然用一只左手攀住了钢丝——她付出了多么巨大的力量，同时又忍受了多么剧烈的疼痛?!

其他乘客围着中巴吵嚷成一片，群情激愤，要追究事故责任人，而那位妇女左手抱小孩，右胳膊挽着一袋肉，已默默地走远了。

后来我多次对别人说起这次经历，大伙儿都啧啧称奇，但我没有道出我心中的感慨：这世上拥有两只手的人多的是，而真正有力量者，一只手也就够用了。

爱创造力量

赏析／李　好

读完《一只手的力量》，我找到了这只手的力量的来源——母亲的爱。因为妈妈不会让孩子受一点点伤害。

两岁的小孩说重不重，说轻也不轻，一般情况下要抱着十多斤的小孩应该是很轻松的事，但这位妈妈右手只能用胳膊夹紧孩子。在车身倾斜的情况下，攥紧钢丝的手就要承受整个身体和小孩的全部重量，少说也有百来斤。在能拉住自己的身体都很难的情况下，十来斤的小孩无疑是一个很沉重的负担，母亲在此时用爱的力量战胜了一切困难！

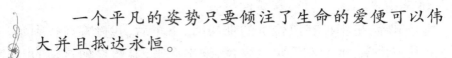

一个平凡的姿势只要倾注了生命的爱便可以伟大并且抵达永恒。

生命的姿势

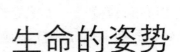

●文/佚 名

　　一对夫妇是登山运动员，为庆祝他们儿子一周岁的生日，他们决定背着儿子登上七千米的雪山。他们特意挑选了一个阳光灿烂的好日子，一切准备就绪之后就踏上了征程。刚天亮时天气一如预报中的那样，太阳当空，没有风没有半片云彩。夫妇俩很快轻松地登上了五千米的高度。

　　然而，就在他们稍事休息准备向新的高度进发之时，一件意想不到的事发生了。风云突起，一时间狂风大作，雪花飞舞。气温陡降至零下三四十摄氏度。最要命的是，由于他们完全相信天气预报，从而忽略了携带至关重要的定位仪。由于风势太大，能见度不足一米，上或下都意味着危险甚至死亡。两人无奈，情急之中找到一个山洞，只好进洞暂时躲避风雪。

　　气温继续下降，妻子怀中的孩子被冻得嘴唇发紫，最主要的是他要吃奶。要知道在如此低温的环境之下，任何一寸裸露在外的皮肤都会导致体温迅速降低，时间一长就会有生命危险。怎么办？孩子的哭声越来越弱，他很快就会因为缺少食物而被冻饿而死。

　　丈夫制止了妻子几次要喂奶的要求，他不能眼睁睁地看着妻子被冻死。然而如果不给孩子喂奶，孩子就会很快死去。妻子哀求丈夫："就喂一次！"

　　丈夫把妻子和儿子揽在怀中。喂过一次奶的妻子体温下降了两度,她的体能受到了严重损耗。

由于缺少定位仪,漫天风雪中救援人员根本找不到他们的位置,这意味着风如果不停他们就没有获救的希望。

时间在一分一秒地流逝.孩子需要一次又一次地喂奶,妻子的体温在一次又一次地下降。在这个风雪狂舞的五千米高山上,妻子一次又一次地重复着平常极为简单而现在却无比艰难的喂奶动作。她的生命在一次又一次的喂奶中一点点地消逝。

三天后,当救援人员赶到时,丈夫已冻昏在妻子的身旁,而他的妻子——那位伟大的母亲已被冻成一尊雕塑,她依然保持着喂奶的姿势屹立不倒。她的儿子,她用生命哺育的孩子正在丈夫怀里安然地睡眠,他脸色红润,神态安详。被伟大的爱包裹着的孩子,他是否知道自己有一位伟大的母亲, 她的母爱可以超越五千米的高山而在风雪之中塑造生命。

为了纪念这位伟大的母亲、妻子,丈夫决定将妻子最后的姿势铸成铜像,让妻子最后的爱永远流传,并且告诉孩子,一个平凡的姿势只要倾注了生命的爱便可以伟大并且抵达永恒。

塑造生命的爱

赏析／蓝　叶

　　年轻的妈妈为了让一岁大的儿子生存下来,在漫天风雪中,不顾生命的危险一次又一次的喂奶,一直到冻死!这是一首催人泪下的生命赞歌!

　　儿子还小,他根本不会懂妈妈给予了他两次生命!也许当时的紧急情况下,年轻的妈妈不会想到她喂奶的姿势会"伟大"、"永恒",她一心想着的是无论如何不能让儿子挨饿!

　　发自内心最朴实的爱是最具有力量的,有了爱的支撑,年轻的妈妈坚持喂奶,才使儿子活下来。喂奶的姿势与画像中圣母玛利亚抱着婴儿温馨、祥和的姿势多么神似啊!只要世界上有了妈妈们慈祥温暖的爱普照人间,生命之火就会生生不息!

鹭鸶解决了儿子的温饱问题，同时也成为了母亲头上的紧箍咒，使母亲几十年精神备受煎熬。

一 只 鹭 鸶

●文/陈昕巨

童年的一个雪天，我们被饥饿困扰，家里委实找不到一点可以吃的东西。

我和母亲以及还在襁褓之中的弟弟最大的愿望，就是等待父亲回来，他是到湖滩上挖野荸荠去了。虽然我们明白，这么大的雪，天又特别冷，湖滩肯定是冻住的，但我们依然充满希望地等待着。

那种时候，能够充饥的东西，惟有等待和希望。

中午以后，父亲的身影才在我们久久等待的视野中出现。当他裹着一阵冷风走进门来的时候，我看见他袖着双手，怀里竟抱着一只鸟。父亲说，那是只冻得快要死了的鹭鸶，在雪地里，一伸手就逮住了它。

父亲把鹭鸶放在地上，它浑身颤抖，连站都站不稳，我蹲下来抚摸它的羽毛，它并不害怕，它是连害怕的力气也没有了。它的眼睛水滋滋的，似是泪，浮着那种招人怜悯的眼光，在这种冰雪封冻的天气，这只鹭鸶真的太可怜了。

我感到了一阵袭来的饥饿，就抬起头问父亲："挖到野荸荠了吗？我饿。"

父亲眼里掠过一丝无奈："也冻得实在硬，刨不动。"

说着他将目光移向母亲："把这只鹭鸶杀掉吃了吧，孩子太饿。"

母亲显得十分犹豫，她信佛，从不杀生，衣服上落只蚊子也轻轻掸掉,不肯碾死,何况要杀一只可怜的鹭鸶呢?

"不,不能杀它,它太可怜了。"我大声说。

父亲说:"我们没有吃的,你不是很饿吗?"

"我不饿,一点也不饿,你别杀它。"我赶忙说。

"它快饿死了,我们没东西喂它,它反正要饿死的。"父亲坚持着。

"不,我喂它,它不会死。"

我护住鹭鸶,扳开它的长喙,撮了些唾液吐进去,鹭鸶缩动长脖子,贪婪地吞咽着。见我如此,母亲就说:"别喂了,口水喂不活它,我们不杀它了。"

我把鹭鸶放到一只旧竹篓里,篓里垫了些干草。我想着等到天晴,鹭鸶能够觅食的时候,就把它带到湖滩去放了。那是最难熬的一夜,两天没吃进一点食物的胃先是疼痛,接着是火烧火燎,以后就麻木了,身上一阵一阵地渗冷汗。

我朦胧中觉得夜里母亲不止一次到我床边,伸手摸摸我的额头,然后,就小声地叹息。天刚亮,母亲摇醒我,说:"快起来,鹭鸶死了,是饿死的。"

我来不及穿衣就跑到竹篓边,鹭鸶真的死了,倒在干草上面,脖子垂向一边。母亲烧了些开水,将鹭鸶冲烫了几下,拔了羽毛,然后剖开肚子,将内脏扒出来洗净。那只可怜的鹭鸶的胃囊里,除了几粒玛瑙色的砂粒之外,什么也没有,它大概也已经饿了好几天。

鹭鸶自己死了,我们吃它便心安理得,鹭鸶太瘦,肉很少,母亲烧了半锅汤,每人一小碗。那是我们家的一顿美餐。

许多年以后,我们忘不了那只鹭鸶,是它救了我们,让我们一家渡过了难关。鹭鸶被我们吃了的第二天雪就停了,天气转暖,第三天,父亲就到湖滩上挖回了一些野荸荠。

后来,我们长大了,母亲年老了,那年她身染重病,临终之前喊我到床边,说:"记得那年大雪天的那只鹭鸶吗?是我扭断了它的脖子,我是罪过太深啊……"

我这才知道事情的真相:我的连走路也不肯踩死虫蚁的善良的

母亲,不忍心让我们挨饿,竟亲手杀死了一只鹭鸶!几十年来,她的心因此默默承受着多少折磨啊!

孩子大于一切

赏析／杜 蘅

　　故事中的妈妈处于两难选择中:一方面是自己坚守的信仰,一方面是自己因饿胃疼的孩子。如果她坚持自己的不杀生原则,那么只能眼睁睁看着孩子挨饿受苦;如果她杀死鹭鸶解儿子的受饿之苦,那么自己的心灵就会受到严厉的谴责。在矛盾中的母亲权衡利弊,鹭鸶解决了儿子的温饱问题,同时也成为了母亲头上的紧箍咒,使母亲几十年精神备受煎熬。

　　尽管她亲手杀死了鹭鸶,她还是心地最善良的母亲。在最重要的孩子面前,其他什么都是次要的,什么都可以舍弃。

所有的说词，在女人那母性的哭泣中都显得那么苍白，那么虚伪。

妈妈不让你上法庭

●文/陈志宏

女人与丈夫共苦多年，一朝变富，丈夫却不想与她同甘了。

他提出离婚，并执意要儿子的监护权。

为了夺回儿子的监护权，女人决定打官司。她抛出自己的底线：只要儿子判给自己，其他什么都可以不要。

开庭那天，男方说女人身体差，不宜带小孩，并拿出她以前的住院病历当物证。女人出示前几天由某大医院开具的体检结果，驳倒了男方。

他又说女人欠巨额外债，没有经济能力抚养儿子。女人马上出示男方恶意转移财产、转嫁债务于自己的商务调查函，又一次越过了他的陷阱。

激烈的唇枪舌剑、拉锯式的辩论，女人一直占上风。男方见势不妙，使出杀手锏：女人经常打骂孩子，对儿子造成巨大伤害。儿子不愿和她生活，只想跟我在一起。

审判长传他们的独生子到庭作证，法警走向证人室，准备请那小孩出庭时，女人的脸由红变白，又由白变紫，忽然，她"霍"地站起来，大声宣布："审判长、审判员，我——撤诉！"

女人掩面大哭，跑出了法庭。

事后，有朋友问女人："你真的虐待儿子吗？"

女人无力地摇摇头："我爱我的孩子，怎么可能虐待他？"

朋友惊诧了:“那你为什么要放弃? ”

女人说:“我孩子胆小,一旦出庭作证,必然心灵受伤。我怎么忍心……”

她以泪代语。所有的说词,在女人那母性的哭泣中都显得那么苍白,那么虚伪。

因为爱你,所以放弃

赏析/敏　敏

离婚,意味着夫妻感情的破裂,但这不会影响母子之间的感情。《妈妈不让你上法庭》讲述的正是妈妈对儿子的监护权据理力争,声称只要有儿子,其他什么都可以不要,但是最后为了不伤害胆小的儿子,宁愿放弃监护权的感人故事。

法庭,是一个公正的地方,同时也是一个没有硝烟的战场。假设真的叫儿子出庭作证,父母感情的破裂会赤裸裸地展示出来,他还会看到两个亲人互相伤害。这一切对于一个胆小的孩子来说太残忍了。这种心灵的伤害是不可估量的,母亲因为爱儿子,所以放弃了力争的监护权,宁愿承认自己虐待儿子!这样的母亲难道不值得我们尊敬吗?

母亲就站在七月炙热的阳光下，翘首望着百米外的考场，神色凝重。

阳光下的守望

● 文/佚 名

　　我见过一个母亲，一个阳光下守望的母亲。母亲就站在七月炙热的阳光下，翘首望着百米外的考场，神色凝重。母亲脸上早已狼藉着豆大的汗珠，汗水早将她的衣衫浸染得水洗一样，她的花白的头发零乱地贴在前额上。母亲就这样半张着嘴一动不动地盯着考场，站成一尊雕像。

　　树阴下说笑的家长停止了说笑，他们惊讶地望着阳光下的母亲。有人劝母亲挪到树阴下，母亲神情肃然的脸上挤出个比仲春的冰还薄的笑，小声嗫嚅道："站在这里能清清楚楚地看见考场，看见孩子。"没有人笑她痴，没有人笑她傻，也没有人再劝她。

　　烈日下守望的母亲舔了舔干裂的嘴唇，目光扫了扫不远处的茶摊，就又目不转睛地盯着考场了。

　　不知过了多久，也许半个小时，也许一个小时，母亲像一摊软泥一样瘫在了地上。众人一声惊呼后都围了上去，看千呼万唤后仍是昏迷不醒，众人便将她抬到学校大门口的医务室里。听了心跳，量了血压，挂了吊针，母亲仍然紧闭双眼。经验丰富的医生微笑着告诉众人："看我怎么弄醒她。"

　　医生附在母亲耳边，轻轻地说了句："学生下考场了。"母亲猛地从床上坐起来，拔掉针头，下了病床："我得赶紧问问儿子考得怎么样。"

常常把这个故事讲给我的学生听,学生说,这故事比得上一千句枯燥无味的说教!

中国式考试

赏析／漂流瓶

每年的六七月份的中考、高考考场百步之外总会聚集着一帮家长,他们风雨不改地等待着,比考场内奋笔疾书的考生们更加焦急紧张,这已经成为中国一道独特的风景。望子成龙、望女成凤,是每位家长的热切心愿。

阳光下守望的母亲不顾烈日暴晒在考场外等待,中暑昏迷了还心系考场,一听到考试结束时,立即要去询问儿子,这似乎不可思议,但却淋漓尽致地体现了母亲对儿子的关爱之情。

父母在考场外等待,是要减轻孩子的考试压力,让孩子知道自己不是孤军奋战,还有父母在默默支持。

每打你一次，我感到的痛楚都要比你更为久远而悠长。因为，重要的不是身累，而是心累……

孩子，我为什么打你

● 文/佚 名

有一天与朋友聊天，我说，就是在"文革"中当红卫兵，我也没打过人。我还说，我这一辈子，从没打过人……

你突然插嘴说："妈妈，你经常打一个人，那就是我……"

那一瞬屋里很静很静。那一天我继续同客人谈了很多的话，但所有的话都心不在焉。孩子，你那固执的一问，仿佛爬山虎无数细小的卷须攀满我的整个心灵。

面对你纯真无瑕的眼睛，我要承认：在这个世界上，我只打过一个人。不是偶然，而是经常；不是轻描淡写，而是刻骨铭心。这个人就是你。

在你最小最小的时候，我不曾打你。你那么幼嫩，好像一粒包在荚中的青豌豆。我生怕任何一点儿轻微的碰撞，将你稚弱的生命擦伤。我为你无日无夜地操劳，无怨无悔。面对你熟睡中像合欢一样静谧的额头我向上苍发誓：我要尽一个母亲所有的力量保护你，直到我从这颗星球上离开的那一天。

你像竹笋一样开始长大。你开始淘气，开始恶作剧……面对你摔破的盆碗、拆毁的玩具、遗失的钱币、污脏的衣着……我都不曾打过你。我想这对于一个正常而活泼的儿童，就像走路会跌跤一样应该原谅。

第一次打你的起因，已经记不清了。人们对于痛苦的记忆，总是趋向于忘记。总而言之那时你已渐渐懂事,初步具备童年人的智慧:它混沌天真又我行我素;它狡黠异常又漏洞百出。

你像一匹顽皮的小兽,放任无羁地奔向你向往中的草原,而我则要你接受人类社会公认的法则……为了让你记住并终生遵守它们,在所有的苦口婆心都宣告失败时,我打了你。

每一次打过你之后,我都深深自责。假如惩罚我自身可以使你吸取教训,孩子,我宁愿自罚,哪怕它苛烈十倍。但我知道,责罚不可以替代也无法转让,它如同饥饿中的食品,只有你自己嚼碎了咽下去,才会成为你生命体验中的一部分。这道理可能深奥,也许要到你为人父母时才会理解。

打人是个重体力活,它使人肩酸腕痛,好像徒手将一千块蜂窝煤搬上五楼。于是人们发明了打人的工具:戒尺、鞋底、鸡毛掸子……

我从不用那些工具。打人的人用了多大的力,便要遭受到同样的反作用力,这是一条力学定律,我愿在打你的同时我的手指亲自承受力的反弹,遭受与你相等的苦痛。这样我才可以精确地掌握分量,不至于失手将你打得太重。

我几乎毫不犹豫地认为:每打你一次,我感到的痛楚都要比你更为久远而悠长。因为,重要的不是身累,而是心累……

孩子,我多么不愿打你,可是我不得不打你!我多么不想打你,可是我一定要打你! 这一切,只因为我是你的母亲!

孩子,听了你的话,我终于决定不再打你了,因为你已经长大,因为你已经懂得了很多道理。毫不懂道理的婴孩和已经很懂道理的成人,我以为都不必打,因为打是没有用的。惟有对半懂不懂、自以为懂其实不甚懂道理的孩童,才可以打,以助他们快快长大。

孩子,打与不打都是爱,你可懂得?

打是亲 骂是爱

赏析／田菲菲

　　这是一位母亲的心灵告白，我仿佛看到了她噙着泪水深情地诉说对儿女的一片苦心。看完这篇告白，我看到了父母的另外一面，才懂得了"打是亲，骂是爱"。

　　母亲有责任纠正我们的错误，纠正的方式有很多，有心平气和地说道理，也有义正词严地规劝，也有打和骂，无论哪种方式，只要能使我们认清错误，走回正路，母亲都会采用。

　　母亲处罚我们的目的并不是要伤害，恰是让我们不再受伤。板子落在我们身上，只是身痛；板子同时也打在父母的心上，却是心痛！

和天使一起成长

橙色心事

我渴望雨天,为我裁剪一方潮湿的天空
溪水流过温情的文字
我顺着一片云烟,一头扎进土地里
我扎根于土壤的生命
从根部开始生长

有时候，我们会对别人给予的小恩小惠"感激不尽"，对亲人的一辈子恩情却"视而不见"。

一碗馄饨

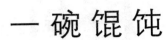

●文/佚 名

那天，她跟妈妈又吵架了，一气之下，她转身向外跑去。

她走了很长时间，看到前面有个面摊，香喷喷热腾腾，她这才感觉到肚子饿了。

可是，她摸遍了身上的口袋，连一个硬币也没有。面摊的主人是一个看上去很和蔼的老婆婆，看到她站在那边，就问："孩子，你是不是要吃面？"

"可是，可是我忘了带钱。"她有些不好意思地回答。

"没关系，我请你吃。"

很快，老婆婆端来一碗馄饨和一碟小菜。她满怀感激，刚吃了几口，眼泪忽然就掉下来，纷纷落在碗里。

"你怎么了？"老婆婆关切地问。

"我没事，我只是很感激！"她忙擦着泪水，对面摊主人说，"我们又不认识，而你却对我这么好，愿意煮馄饨给我吃。可是我自己的妈妈，我跟她吵架，她竟然把我赶出来，还叫我不要回去！"

老婆婆听了，平静地说道："孩子，你怎么会这么想呢？你想想看，我只不过煮一碗馄饨给你吃，你就这么感激我，那你自己的妈妈煮了十多年的饭给你吃，你怎么不会感激她呢？你怎么还要跟她吵架？"

女孩愣住了。女孩匆匆吃完馄饨，开始往家里走去。当她走到家附近时，一下就看到疲惫不堪的母亲，正在路口四处张望。这时，她的眼泪又开始掉了下来。有时候,我们会对别人给予的小恩小惠"感激不尽",对亲人的一辈子恩情却"视而不见"。

沉甸甸的母爱

赏析／秋　色

　　我反复地念道:"有时候,我们会对别人给予的小恩小惠感激不尽,对亲人的一辈子恩情却视而不见。"是啊,我们对别人给予的小恩小惠都不可以视而不见,又怎么可以对亲人的恩情视而不见呢?

　　生活中不是缺少感动,而是缺少发现感动的眼睛。妈妈每天大概有一半时间是在操劳家务,妈妈千方百计要让我们吃得好,只要我们开心,她就会觉得一切辛苦都是值得的!母亲的想法我们知道多少?或深或浅的皱纹早已不知不觉地嵌在妈妈的脸上,头上的青丝也不知何时被银丝代替,我们又是什么时候才发现?

　　妈妈对我们的爱远远不止是饭菜、唠叨,每天都把妈妈对我们的好记下来,我们就会发现——母亲,沉甸甸!

工作是永远忙不完的，而陪伴母亲却能让母亲实实在在地拥有幸福。

信

●文/[前苏联]尤里·里希特

时值十二月三十一日。彼得·弗拉基米罗维奇·帕潘科夫坐在自己的办公室里，处理着即将结束的这一年的最后几件紧要公事。他一本正经地板着一副面孔，俨然一派首长的风度。每当电话铃响，帕潘科夫总是一边抓着话筒，简要而认真地回答着，一边仍继续签阅文件。

一会儿，女秘书柳多奇卡敲门进了办公室："对不起，帕潘科夫，打扰您了。有您一封信，您私人的。"

说着，她把信放到帕潘科夫的桌上，随即转身走了。

帕潘科夫拆开信就念起来：

亲爱的妈妈：

你的儿子在给你写信。我已经好久没给你写信了。因为我出差、度假、住医院了……

"真是活见鬼！"帕潘科夫惊诧不已。他又看了看信封，上面分明写着他的机关地址和姓名，而且一点儿也没错。帕潘科夫真是百思不得其解，但他仍然把信继续念下去：

我们这里现在正是秋高气爽、春光明媚、夏日炎炎、寒冬腊月的时节。

我身体还好、很好、不太好、很不好。

前不久我去逛过剧院、电影院、音乐厅、酒吧间。

我打算再过一个月、一年、五年就来看你。

我知道你没钱花了，所以寄给你三十、二十、十、五卢布。

我已被任命为总工程师、厂长、总局局长。

我妻子祖莉菲娅向你问好。

你的爱子彼佳

帕潘科夫更加莫名其妙，他又把信从头至尾念了一遍，然后又往信封里看了看。信封里果然还有一张小字条：

亲爱的彼佳：

我多么盼望你能来信呀！可你却是个大忙人，哪有时间顾得上这种小事呢！我只好替你写了这封信，你只要简单地把那些不该要的词句画掉寄给我就行了。

吻你！

你的妈妈

帕潘科夫仰身靠到自己柔软舒适的安乐椅背上。

"唉，妈妈呀，你可真是位幽默家呀！而且对时间还掐算得那么准，让信不迟不早刚好在十二月三十一日送到，这一天我可是连喘口气的时间都没有啊！"

帕潘科夫叹了口气，把文件推到一边，接着便动手删起信中那些不该要的词句来。

好好爱妈妈

赏析／悠弥儿

　　这篇小说构思很巧妙,母亲从头到尾都未曾出现过,我们却能分明感受到一位母亲想念儿子的强烈情感浪涛。

　　这封信实际上是母亲给自己写的信,我们可以像得到,这是一封不愿意寄出的信。母亲总是深明大义地体谅儿子工作的繁忙,但却会从新年的第一天开始盼望儿子的归来或问候,一直盼到第三百六十五天,结果都是竹篮打水——一场空。尽管如此,母亲丝毫没有责怪儿子,只是把想念儿子的情感累积在一封信中来安慰自己,这封信令人心酸。

　　工作是永远忙不完的, 而陪伴母亲却能让母亲实实在在地拥有幸福,聪明的读者会作出正确的选择。

生活还在继续，为了自己，为了我们爱和爱我们的人，无论遇到什么挫折，一直对生活微笑吧！

因为爱你

●文/朱慧琪

　　一天放学时，班主任朱老师说本周星期六上午开家长会，每位家长都必须到会。每次期中考试之后，朱老师就要召开一次家长会。朱老师还说，这次会议很重要，能增进老师与家长的交流，准确掌握学生的思想动态。

　　家长会当然要公布每一位同学的成绩。但小琴怕开家长会，并不是她考得不好，而是这次家长会她爸爸不能来。

　　朱老师问："谁的家长不能来，请举手。"没有举手。小琴犹豫再三后，还是把手举了起来。老师问："前几次你爸爸不是来了吗？为什么这次不能来？""我爸爸外出工作去了。""那叫你妈妈来吧！""不，不。"小琴有些急了，说："我妈妈不能来，因为……她从未参加过这样的会议。"老师笑了，说："这不是理由。叫你妈妈一定要来！"

　　小琴回到家，妈妈正在做晚饭，尽管她忙得不可开交，但还是向小琴做了个"我爱你"的手势。以前小琴会高兴地回妈妈一个吻，或者说"我也爱你"，可是这时，小琴只看了妈妈一眼，目光就慌忙地躲开了，一句话也没有说就低着头走进了自己的房间。

　　小琴的妈妈是个哑巴，所以每次都用手势来表示她很爱小琴。小琴是爱学习的女孩，平时只要坐下来就投入到课本中去。可是这天一个字也看不进去，看见书上的字就像密密麻麻的蚂蚁，心里乱极了。"咚咚"，是妈妈在敲门，小琴忙收回心思，开门见妈妈做了个吃饭的手势，就起身来到饭桌边。妈妈做了很多小琴喜欢吃的菜，可小琴一口也吃不下去。妈妈见状，摸了摸她的头，小琴忙说："没事，只是心里有点不舒服。"妈妈没太在意。小琴看着妈妈，妈妈长得很漂亮。小琴听爸爸说，妈妈生下她后就得了重病，以后就再也不能说话了。

小琴轻轻叹了口气，在心里对妈妈说：过两天就要开家长会了。我多么想让你参加，可又不能让你去。如果同学们知道你是一个哑巴，会怎样看我呢？更重要的是，不能让你受到伤害——我们班的同学最会取笑人了。

到了周六的上午，家长们按时来到教室，坐到自己孩子的座位上。规定的时间到了，朱老师走上讲台说："各位家长，再耽误你们几分钟，还有一位家长没到。"小琴趁等待的时间数了一下，有四十九位家长到了，班上有五十位同学。朱老师说的莫非是……小琴想到这儿不由得紧张起来。

就在她忐忑不安时，教室门口出现了一位漂亮的中年女子。妈妈！站在门口的是妈妈。她怎么会来？小琴压根儿就没告诉妈妈今天开家长会。

"赵琴同学，请把你妈妈领到你的座位上去。"朱老师说道。小琴面红耳赤地向妈妈走去，妈妈向大家打了个手势。"赵琴，请把你妈妈的手语翻译一下。"小琴先是一愣，然后说："我妈妈向大家问好并道歉。她迟到了一会儿。"

大家立即明白这是一位哑巴妈妈，都报以友好的微笑，还热烈地鼓掌欢迎，小琴走到妈妈面前，轻轻说："您怎么来了？"妈妈脸一红，做了一个手语，意思是："因为爱你！"

小琴的眼眶一下子潮湿了，怕自己流下泪来忙转过身去，牵着妈妈的手走向那惟一的空位。

对生活微笑

赏析／杜　薇

生活因为有爱而精彩。

在小说中我们丝毫看不到哑巴妈妈的忧伤、自卑、怨天尤人,展现在我们眼前的是一个妈妈对女儿无微不至的关爱。

当生活关闭哑母一扇窗的同时,又为她开启了另一扇窗口,她虽然不能用言语表达对女儿的爱.但是她的双眼更明亮了,更加能洞察人心、善解人意,女儿心中最细微的变化都会被她的眼睛捕捉住。

生活中总会遇到这样或那样的不如意,如果小琴的妈妈因为哑而对生活失去信心的话,小琴也极有可能对生活失去信心。地球还在转动,生活还在继续,为了自己.为了我们爱和爱我们的人,无论遇到什么挫折,一直对生活微笑吧!

这是妈妈独创的食谱，但最重要的原料却是人人都有的，那就是"你想人家怎样待你，你也要怎样待人。"

喜 儿 糕

● 文/［美］默特尔·波特

我念小学二年级时，有一天一下课回到家就扑进妈妈的怀里抽泣着说："课间休息时，一个男同学高声说，'默特尔，默特尔，慢得像龟没法逃，长得这样胖怎么好。'然后人人都跟着他说了。他们为什么要嘲笑我？我该怎么办？"

"我想最好的办法就是：他们要开你的玩笑，你就跟他们一起闹好了。"

"怎么闹？"

"我们不妨用喜儿糕试一试。"妈妈说，她的眼睛闪闪发亮。

"喜儿糕？"

"对！默特尔的喜儿糕。我们现在就来做。"

很快厨房里就弥漫着烘烤巧克力、椰丝、奶油和果仁的香味。面粉团刚烤成浅咖啡色，妈妈就把蛋糕从烤箱里取出。"你的班上有多少个同学？"她问。

"一共二十三个。"我回答道。

"那么我就把喜儿糕切成二十八块。每个学生一块，老师汤姆金斯太太一块，再给她一块带回去给她的丈夫，还有一块给校长——剩下两块我们现在就吃。"

"明天我开车送你到学校之后，"妈妈说，"会先去跟汤姆金斯太太谈谈。到时候她会叫你的同学排好队，然后一个接着一个地对你说：'默特尔，默特尔，请你给我一块喜儿糕！'"

　　"跟着，你就从盘子里铲起一块来，放在餐巾纸上，对同学说：'我是你的朋友默特尔，这是你要的喜儿糕！'"

　　第二天，妈妈所说的全都实现了。从此以后，同学作的第一首打油诗没有人再念了。我反而不时听到同学念道："默特尔，默特尔，给我烤个喜儿糕！"妈妈在万圣节、圣延节和情人节都烤喜儿糕，给我带到学校分给同学。昔日嘲笑我的人都成了我的朋友。

　　多年之后，我查阅"烹饪大全"，想寻找"喜儿糕"这道点心，结果当然找不到。这是妈妈独创的食谱，但最重要的原料却是人人都有的，那就是"你想人家怎样待你，你也要怎样待人。"

母爱的方式

赏析／晨　松

　　这位妈妈的教育方式很独特，她把苦心和爱融入一块块的喜儿糕当中，给了儿子。"你想人家怎样待你，你也要怎样待人。"这是个很简单又很实在的道理，这不仅是孩子们之间的相处之道，也是长大成人以后一直要坚守的相处之道。怎样才能让孩子深刻理解这句简单的话？母亲有自己的办法。

　　每一个母亲都有自己的教育方式，总能让自己的孩子得到爱的教育，明白生活的道理，走好成长的每一步。

这是一个美丽的谎言，是一个妈妈想方设法不让儿子过早地承受丧母之痛的美好愿望。

种 妈 妈

●文／柳松林

江南的三月，阳光明媚，碧野千里；姹紫嫣红，芬芳扑鼻；百鸟啁啾，蝶舞蜂飞。

好一派江南春色！

人在欢，牛在哞，犁铧在翻飞，种子如雨般插入泥土。

好一幅江南春耕春种图！

只有那子规鸟在无端地泣血哀鸣。

在一块齐腰深的麦田里，一位美丽的少妇时而身子没入麦田，时而又站起身来絮絮叨叨着什么。麦苗一丛丛地围着少妇的前后左右晃动，一个稚嫩的童音心不在焉地应答着少妇，嘴里还有一句没一句地咿呀着不知是谁教的古诗："春种一意（粒）树（粟），纠纠（秋收）万颗儿（籽）……"

少妇忽然沉默了一会儿，直起身来，有些生气地说："欢欢，妈妈说的话你怎么就不记得了呢？你不听妈妈话了吗？"

麦苗停止了晃动，一丛麦子被一双春葱般的小手分开，一个浑圆的小脑袋仰面露了出来。

一绺头发斜沾在少妇晶莹的脑门儿上，一束杂生在麦子中的油菜花不知什么时候被少妇的发卡钩住，此时正盛开在少妇的鬓角。

"妈妈。"

"嗯？"

"你好漂亮。"

少妇苍白的脸随即恢复了血色,竟是那样的百媚千娇,楚楚动人。

"欢欢乖。听妈妈说,你知道麦子是怎样长出来的吗?"少妇将儿子揽入怀中。

"不鸡(知)道。"

"妈妈告诉你。"少妇从兜里掏出一粒麦子,"就是把麦子种到土里,等麦子出苗了,长高了,抽穗了,变黄了,就能收到好多好多的麦子。"

儿子似懂非懂。

"好欢欢,你知道今天妈妈带你来做什么吗?"

"不鸡(知)道,妈妈告诉我。"

"妈妈今天带你来种花生。我们今天把一点点花生种到土里,等到秋天哪,我们就能收到好多好多的花生,你懂了吗?"

"哦,妈妈,我懂了。把一点点东西种到土里,就可以收到好多的东西。"儿子的大眼睛忽闪忽闪的。

"对。"少妇在儿子的小脸蛋儿上亲了一下,说,"欢欢,你总是说妈妈老是干活儿,老不陪你玩,是啵?"

"戏(是)。"

"那过些时候把妈妈也种到土里,让她长出两个妈妈来,一个陪你玩,一个干活儿养活你,好不好?"

"好!"

少妇浑身一惊,两颗守候在眼眶多时的泪珠无声地滑落,有点变调地说:"种妈妈的时候,爸爸呀、外婆呀他们会哭,他们不乖!我宝宝乖,我宝宝不哭!妈妈教你一首诗,等到种妈妈的时候,你就读,好不好?"

"好!"

"春种一个娘,"——"春种一个娘。""秋收两个母。"——"纠纠(秋收)两个母。""一个陪我玩,'——"一个陪我玩,""一个食(sì)我谷。"——"一个戏(食sì)我谷。"……

"你会了吗？"

"会了,春种一个娘……"

"欢欢真乖,欢欢真聪明!"少妇像了却了一桩多大的心事,重重地叹了一口气,说,"欢欢,我们回家吧。"

"哦,回家啰,春种一个娘……"

少妇习惯地将目光投向西方,太阳快要落山了,开满映山红的山洼像一张血盆大口,几株箭杉像血盆大口中的獠牙,正狰狞地等待着太阳的沉落。太阳鲜红欲滴,像要掉入血盆大口,又像满身血污地刚从血盆大口中逃离。

少妇看得慌张起来,急忙去寻儿子。儿子正在回家的路上摇头晃脑,蹦蹦跳跳。

她想去追赶儿子,却突然"啊"了一声,一层细密的汗珠瞬间便在少妇消瘦的脸上集结如豆。她双手深深地抠入腹部,痛苦万状地俯下了身。

"春种一个娘,纠纠(秋收)两个母。一个陪我玩,一个……"融融的春风里,儿子稚嫩的童音越来越远,越来越远……

凄美的谎言

赏析／胡萝卜

故事中的孩子年纪还很小,说话总是走音。刚开始,他说的话总能引人发笑,但后来他跟妈妈学《种妈妈》的诗走音时我就笑不出来了。《种妈妈》是一个美丽的谎言,是一个妈妈想方设法不让儿子过早地承受丧母之痛的美好愿望。孩子到最后还是蒙在鼓里,仍然沉浸在他纯真无邪、无忧无虑的世界中。

母亲被疾病折磨得消瘦、苍白,但这时她考虑的并不是她自己,而是幼子,她为不能再照顾儿子而深感愧疚,她编出《种妈妈》的诗来安慰儿子,延续一个母亲对孩子的爱。

她能把我想像得同女儿一样可爱，而我却没有把她想像得像母亲一样可信。

陌生人的红苹果

● 文/黄文婷

一个微寒的夜晚，我搭上了从广州开往长沙的第五十八次列车。

我躺在铺位看杂志，听到一声温柔的呼唤："小姑娘！"侧过脸，对面铺位上那位陌生妇女扬着手里的一只红苹果，对我说："喜欢吃这个吗？"我笑笑，摇摇头。那妇女硬是把苹果塞到我枕边，我只好有礼貌地道谢。

夜深人静，拿起那只红苹果仔细地看，那是一只很精致圆滑的华盛顿苹果，发出诱人的香甜。她不认识我，凭什么送呢？我开始警惕起来，脑中迅速闪过儿时看过的童话故事：白雪公主吃了"陌生人"送的半只苹果，结果中毒了……我把苹果放下，打算天亮后物归原主。

第二天一醒，发觉对面的铺位已经空了，苹果仍在枕边，下面还压着一张纸条："小姑娘，早上好！我知道你怀疑我的好意，不敢吃。女孩子出门在外多加一个心眼是好的，不怪你。苹果是我到广州开会时一位朋友送给我女儿的，可我女儿正在北京读大学。昨天一见你，便觉得你很像我女儿，一样留着长头发，一样长着大眼睛，一样穿着牛仔裤，一样喜欢躺着看书，于是我猜你也和我女儿一样，喜欢吃苹果……"我很内疚，她能把我想像得同女儿一样可爱，而我却没有把她想像得像母亲一样可信。

苹果送到唇边时，我感到自己得到的不仅仅是一只苹果……

把爱带在旅途

赏析／漏斗沙

　　这是旅途中的一个小插曲，一个母亲在火车上遇到一个外貌行为像女儿的女学生，便联想到自己的女儿和女儿喜欢吃苹果的爱好，便把朋友专门送给女儿的苹果转送给女学生吃。

　　每一个母亲都是这样，把孩子的每一个动作、每一个笑容、孩子的兴趣爱好，一一印在心里连着她们对子女牵挂，随身带着，随时表达。当孩子不在身边的时候，母爱还会转移到与孩子相关的地方，所以那不只是一个苹果，还有一个母亲对女儿发自内心的爱。

沧海桑田，世事变幻，而生命长存不息，延续到今，是因为有一种爱从未改变。那是血爱。

血　爱

● 文/佚　名

朋友刚满月的小孩儿生病住院。我前去探望，见她正把一个透明状的器皿罩在乳房上，并不停地挤压乳房。刚开始挤出的还是乳汁，后来竟变成血水。

我大感惊异，忙问是怎么回事。朋友很平静地告诉我，因为孩子生病，怕感染，医生嘱咐她两个月内不准给孩子喂养母乳。在这期间，如果不把乳汁挤出来，就会回乳，孩子以后将吃不到母乳了。为了防止回乳，她必须每天都把乳汁用吸奶器吸出来，吸的次数多了，导致乳房肿胀，并不时有血水溢出。

"那一定很痛吧？"我问。

"傻瓜！血都出来了，还有不痛的道理？"

她冲我苦笑一下。

"那就干脆让它回乳算了呗！"

"回乳？"她睁圆了眼睛望着我，仿佛不认识似的。那眼睛里渐渐充满了泪水，全没了最初的平静。

"我的小孩儿才刚满月呢，再过两个月，也就只有三个多月，那么小就没有奶水吃，多可怜？"她把目光移到孩子瘦弱的小脸上，颤声道，泪水顺着脸颊淌了下来。

触景生情，我不知道它里面包含了多少的怜惜与无奈。我不敢再说什么，怕她会更伤心。最初我只是想到了她的疼痛，却没想到这疼痛在母性的慈爱面前是如此的微不足道。血浓于水，我再没有理由不相信。

有一种爱，是用血来维系的，它存在于整个生物界。在这种爱面前，任何语言的描述都是苍白无力的。

我记得有这样一种蜘蛛，在它出生之后，立刻要把老蜘蛛吃掉，而老蜘蛛竟毫无反抗之举，任小蜘蛛咬食，直到整个躯体变成了小蜘蛛的美餐，于是小蜘蛛长大后，又开始了新一轮的繁衍。

当时我对此颇感奇怪，现在我终于理解了，生物界既有原本的生物链规律，又有母亲对幼子发自内心的伟大的爱。由此我相信，如果需要，我的朋友也会毫不犹豫地用她的生命来换取她孩子的健康的。沧海桑田，世事变幻，而生命长存不息，延续到今，是因为有一种爱从未改变。那是血爱。

爱不需要理由

赏析／攸 攸

疼痛在母性的慈爱面前微不足道，这句话说得太对了！血浓于水，每位母亲对待子女的感情都是出于天性的自然流露。这种爱不需要任何理由，即使要牺牲生命换取儿女的幸福，母亲都会在所不辞的。

母亲是孩子的一把随行的保护伞，为孩子遮风挡雨，给孩子夏天的清爽，冬天的温暖，源源不断地把爱向我们输送，伤、痛也不能阻挡母爱的脚步，母亲的伟大就在于此。

"记住，你用不着跑在任何人后面！"

你就是第一

● 文/叶兴建

理查·派克是运动史上赢得奖金最多的赛车选手。他第一次赛车回来时，兴奋地对母亲说："有三十五辆车参赛，我跑了第二。"

"你输了！"母亲毫不客气地回答。

"可是，"理查·派克瞪大了眼睛，"这是我第一次参加比赛，而且赛车还这么多。"

"儿子，"母亲深情地说，"记住，你用不着跑在任何人后面！"

接下来的二十年中，理查·派克称霸赛车界。他的许多记录至今无人打破。问他成功的原因，他说，他从未忘记母亲的教诲，是母亲在他为第二名沾沾自喜之时，帮他发现了他还可能是第一的希望。

第一是人们梦寐以求的，这个世界上也不可能所有的人都争得第一，可是，试想一下理查·派克，如果他连第一都不敢想，他连自己都不自信，如果他得不到母亲深情的鼓舞，他能在二十年的时间里称霸赛车世界吗？

记住，你用不着跑在任何人后面！

不要甘为人后

赏析／敏　敏

　　美国女作家艾米丽·汉恩说过："每一个成功某种事业的人,他们都是某个妇女发现的。"毫无疑问,理查·派克称霸赛车世界二十年是因为母亲的一句话:"记住,你用不着跑在任何人后面!"正是这句话培养并增强了年轻的理查·派克的自信,奠定了理查的成功基础!

　　母亲的这句话完全可以成为名言警句,它不但鞭策着理查·派克,也可以激励我们。理查是幸运的,他有一个伟大的母亲;我们是幸运的,我们读到了母爱的力量。

母亲总能找到教育孩子的切入点，她们所想的每一个办法都是从孩子的角度出发。

向儿子"要债"的母亲

●文/佚名

每每想到母亲，北原武就头疼，因为母亲总是向他要钱，所以只要他一个月没有寄钱回家，母亲就打电话对他破口大骂，像讨债一样，而且北原武越出名，母亲要钱就越凶。这使北原武百思不得其解。

几年前母亲去世了。他回故乡奔丧。一回到家，想到自己多年在外，没有好好照顾母亲，真亏待母亲了，不禁悲从中来，母亲虽然老要钱，不过养育之恩比海更深，北原武也就将母亲要钱的事，抛到九霄云外，号啕大哭了一场。

"妈妈……妈妈……"北原武哭得比谁都伤心。

办完丧事，北原武正要离开家的时候，他的大哥把一个包袱给了他，对他说："妈妈交代我一定要交给你。"北原武伤心地打开小包袱，看到一本银行存折跟一封信。

"小武，你收到这封信的时候，妈妈已经不能在你身边了。你们几个兄弟姐妹当中，妈妈最忧心的是你。你从小不爱念书，又爱乱花钱，对朋友太过慷慨，不懂理财。当你说要去东京打拼，我每天都很担心你。有时半夜惊醒，向神明为你祈福，怕你在东京变成一个落魄的流浪汉，因此我每月向你要钱。一方面希望可以刺激你去赚更多的钱，另一方面也为了储蓄。"

"我知道，为了这些钱，你讨厌我了，不经常回来看我，我多么痛心……你过去给我的钱，我现在要还给你……儿子啊，我多么希望能

感动系列

够亲手给你这些钱啊——你的母亲。"

存款是用北原武的名义开的户头，存款高达数千万日元。

以爱的名义

赏析/丁　丁

　　向儿子"要债"是北原武的母亲对儿子用心良苦的一种教育方式。儿子在母亲那近乎苛刻的"讨债"压力之下改掉了多年爱花钱的恶习并发愤图强，母亲这种严格的精神激将法是成功的。

　　母亲总能找到教育孩子的切入点，因为她们太了解自己的孩子，她们所想的每一个办法都是从孩子的角度出发。

出走并不是解决家庭矛盾的最好方式，坐下来，心平气和地坦诚交谈吧！

寻 人 启 事

●文/金文吉

　　读寻人启事的时候，女孩正坐在长椅上，浓浓的树阴牢牢笼罩着椅子，这就像母爱，寒冷而郁闷。女孩无言。

　　用女孩的逻辑讲，母亲不疼她，母亲除了爱好挣钱之外，最大的偏爱就是苛求她。必须、不准、专制、独裁是女孩给母亲的定义，并作为对母亲的代称。

　　离开这个没有温暖的家，女孩蓄谋已久。女孩在留下这样一张纸条后，终于把计划变成现实："妈，我走了，按您的意思去把铁变成钢。别找我，我会活得很好。别忘了，我很漂亮。"

　　读这留言，女孩感到报复的快意。

　　令女孩满意的是，母亲第二天就调动了 A 市的新闻媒体，登了寻人启事，这要花很多钱的。能让母亲花不必要的钱，女孩心里高兴。

　　你永远找不到我。女孩甩甩头向火车站走去。在 B 市，女孩卖报、做工。只有在离家的时候才能品味出家的温暖。

　　半个月后，母亲把寻人启事散发到了 B 市，这次的寻人启事颇有一些检讨书的味道：女儿，回来，回来吧，妈不再……不再……女孩开始惭愧。可不能就这么投降，女孩咬咬牙又去了 C 市。

　　每天晚上抱着有寻人启事的报纸入眠，已经成了女孩离家后的一种习惯。在 C 市的两个月里，没有新的寻人启事，女孩感到失落和不安。

后来，女孩终于在《C市日报》上找到了一篇与自己有关的文字，但不是寻人启事，而是一则生日祝福："女儿，生日快乐!"短短的几个字让女孩失眠了。

给母亲打电话!女孩第一次拨通了那个自己私下默念过百遍、千遍的号码。"——此用户寻女未归，请留言。"挂上电话，女孩已泪流满面。

合同期总算结束了，女孩风尘仆仆赶回A市，她颤抖着按响了门铃，开门的却是个陌生人。原来，为了筹资找女儿，几天前，母亲将房子卖掉，去了南方。

第二天，报纸上多了一则启事：

寻母，速归。

亲情需要交流

赏析／海　琛

《寻人启事》耐人寻味。

女儿的出走让母女两人上了一堂亲情交流课。

女儿的出走，母亲当然有责任，这位母亲很坦诚，勇于面对报纸所有的读者向女儿承认自己一些做法的错误。这需要何等的勇气!爱女儿，也需要顾及女儿的感受，也需要适当的方式。

女儿的出走，让女儿读懂了母爱深刻的内蕴，不只是她认为的"苛求她"。母亲为寻找女儿不惜巨资，卖房子在各个城市登寻人启事。在大海捞针一样茫然的寻女过程中还不忘记带给女儿的生日祝福。强烈的母爱使女儿不断地改变：由报复到惭愧、失落到感动。

出走并不是解决家庭矛盾的最好方式，坐下来，心平气和地坦诚交谈吧!

"树欲静而风不止，子欲养而亲不在。"

一位打错电话的母亲

● 文／唐黎标

　　年初一，我早早地起了床，煮好汤圆，等待妻子和孩子一起吃新年第一餐。

　　"丁零零——"一阵电话铃声，我拿起话筒，电话里传来一位老年妇女的声音："孩子……"是妈妈打来的电话？

　　我在想。但声音不太像，可电话那头却开始说个不停："你说年三十回来的，害得你爸昨天整个下午都心神不定，好几趟到村口接你们，直到天黑透了，也没有见到你们的影子，只有我和你爸两人大眼瞪小眼，冷冷清清地守着一桌菜，吃得无滋无味。昨儿一夜，你爸总是一个劲地叹气……"

　　电话里的声音有些哽咽。我看了一下显示屏，知道这是一个打错了的电话。挂断后，我记下了显示屏上的电话号码，心里沉甸甸的。

　　我的父母也都七十多岁了，退休后一直住在乡下老家。平时，我们在城里忙这忙那，也难得回家。有时回去一次，老人高兴得像过节似的。每次走时，都送我们到村口，直到看不见我们的背影才依依不舍地回去。老人们为子女含辛茹苦一辈子，即使子女们成家立业，一个个离巢而去，仍割不断他们对儿女的爱和情思。可是，子女的心中又能有多少老人的位置？在千家万户喜团圆的除夕之夜，他们一定也会像电话里那位望眼欲穿盼儿归的老人一样，正等着我们回家呢！

　　我突然作出决定，对儿子说："我们今天不去逛街、看电影了，现

感动系列

在就买车票,回乡下看你爷爷奶奶。"

半个月过去了。那天,我又想起那位打错电话的"母亲",她惦念的儿子不知回家了没有?

于是,按照那天的号码,我拨了个电话过去。接电话的是一位男子,他听明白了我的意思后,沉默了好一会,突然抽泣起来。原来他就是那位母亲的儿子,他的母亲因心脏病发作去世了,他是赶回家办理丧事的。

电话里,他难过地告诉我,他母亲临死前,不断地呼唤着他的名字。待他匆忙地赶回家,没有能和她说上一句话,她就带着无尽的遗憾走了。

"你春节为什么不回去看看他们?"我问。

"我在城里经营着一家超市,原本打算回家过节的,可是那几天生意特别好,因为忙,就没回来。谁知道妈妈就这样地走了……想起来,我好悔恨呀!"

这位儿子悲怆地自责,使我唏嘘不已。

人的一生中,事总忙不完,但报答亲情的机会却是有限的。一旦失去这种机会,那岂不是一辈子的痛苦和遗憾?

让我们多创造一些团聚的机会,多给老人一些亲情的抚慰吧!过节时,还是应该多回家看看!

树欲静而风不止，子欲养而亲不在

赏析／张思琦

　　我不禁为那位打错电话的母亲的去世而心痛！这对老人的愿望其实很简单也很容易实现：过年一家人吃团圆饭。可是母亲还没等这愿望实现就离开了人世。

　　自从呱呱落地以来，无论是在婴孩时期、上学时期、成家立业时期，儿女一直都是母亲生活的轴心。记得父亲曾对我说过："在我和你妈妈眼中，你永远都是孩子。"从这句非常朴实的话中我品味出母亲对我深深的怜爱，而这种爱随着年龄的增加也日益增强。

　　古语有云："树欲静而风不止，子欲养而亲不在。"当母亲需要我们的时候，我们常常不在身边，当我们发现要关心一直被忽略的母亲时，母亲可能已经离开我们了，珍惜母爱吧，不要让自己有任何遗憾。

和天使一起成长

感动系列

59

盲目追求名牌是浪费,而母爱才是世界上无与伦比的名牌!

母爱的披肩

●文/玉 儿

　　晚上,我带着母亲一起逛商场。在天河城,我看中了一件黑色羊毛钩花披肩,点缀着许多银色的珠片,华美得让人心醉。我顿时爱不释手。导购小姐亲切婉转的声音在耳边响起:"小姐,这条披肩款式是意大利设计师设计的,很适合你的气质。今天刚好打折销售,才六百二十元。"母亲立刻用家乡话惊呼起来:"这件小小的东西值那么多钱呀!真不划算。"我也嫌贵,于是对小姐抱歉地一笑,放回了披肩。

　　路上,母亲还在唠叨:"一条披肩竟要那么多的钱,广州人的钱真不是钱。"打了一辈子毛衣的母亲当然无法理解一条名牌披肩的价值,我也懒得与她解释,解释了她也不会懂。

　　"那种花形我也能钩。我明天就去买毛线,为你钩一件一样的。"

　　我一听,赶紧劝阻:"妈,你好不容易来广州一趟,我准备这个周末带你四处转转,你就别找事累自己了。"

　　母亲说:"广州有什么好玩的,车多人多,站在马路上我的心就发慌。那条披肩我看得出你很喜欢,正好我在这,可以为你钩织一件……"

　　母亲第二天就买回了毛线和珠片,说一定要在她有限的几天时间内为我钩织出一条完美的披肩。我劝不了她,只有取消了周末带她游广州的计划。几天后的一个下午,从公司下班后我信步迈进了商场。同所有女孩一样,逛商场、看美服是我乐此不疲的事。在"宝姿"女装专柜,我如惊鸿一瞥看上了一件白色的长裙。柔滑的料子、素白的色泽,流畅的腰线。我试穿后,便再也不愿脱下来。我一咬牙,把刚发的薪水递了过去。

我高兴地提着衣服回了家,告诉母亲只花了一百多元。晚上睡在床上,想像着明天女同事围上来的光鲜场面,欣喜不已……

第二天早晨起来,抖开裙子时我脸色大变,我冲母亲嚷了起来:"妈,你怎么把商标拆了,谁让你拆我衣服商标的?"母亲惊奇地望着我,小时候,她为了呵护我娇嫩的肌肤,我的每一件贴身衣服她都会小心地拆掉后颈的商标。她没有想到,她多年的习惯会让今天的我生了气。

母亲忐忑地望着我,问:"怎么了,这个商标很重要吗?"我继续对母亲喊着:"当然重要,你知道吗? 这件衣服是名牌,花了我一千多块呢!如今商标没了,我公司的那些女孩还不笑话我是从街头小商店淘出来的便宜货?"我赌气地扔下衣服,没吃母亲买回的早餐,去了公司上班。

坐在公司里,想起因为小小的虚荣心而对母亲发了火,心里越来越后悔。下班后回到宿舍,准备向母亲道歉,没想到看到的竟是母亲的留言:小颖,妈妈回家了。披肩我钩好了放在枕头边。另外抽屉里有我留下的五千元钱。以后花钱不要再大手大脚了,买一件衣服花了那么多钱,真浪费啊……

我的心猛地一抽,母亲走了。她那么爱我,我却让她带着伤心走了……

半个月后的公司联谊舞会上, 我披上母亲为我钩织的披肩出现在众人面前。满场的女人望着我,眼里流露出羡慕的光芒。她们称赞着:"这条披肩真漂亮,你是在哪家大商场买的呀?"我一犹豫,便如实回答:"这不是买的,是我的母亲亲手为我钩织的。"

她们更加惊叹、艳羡,说:"你母亲的手真巧。你太幸福了,有一位这么爱你的母亲,钩织这样一条披肩,要费多大的劲啊!"

我望着身上灿若星辰又纷繁复杂的披肩, 想起了母亲埋头钩织的几个日日夜夜，一种巨大的感激和骄傲，从心田汹涌而来。我体会到了，原来母爱才是这世界上无与伦比的名牌……

名牌 VS 母爱

赏析／小 楚

在如今社会里，像文中的"我"这样追求名牌的人比比皆是。这些人穿着各种各样的名牌服饰穿街走巷，他们以名牌为荣，牌子越响越好。"我"尽管那后颈的商标会使自己穿得不舒服，但是为了满足自己的虚荣心，还是打算要亮出那代表着荣耀的衣服商标。

文中的母亲用了一件用爱钩好的披肩感动了女儿。她并没有大段大段的说教，只是用由衷的母爱，朴实的话语，默默的行动，使女儿明白了：盲目追求名牌是浪费，而母爱才是世界上无与伦比的名牌！穿着名牌的人只是一个衣服架子，而拥有母爱的人才是内心丰盈的人。

母亲是细心的，爱让她熟悉孩子的任何一个表情，任何一个动作，她不会遗漏任何一个细节。

凸出的大拇指关节

● 文/王奋飞

母亲是一个农村妇女，斗大的字认不得几个，但我们几兄弟都先后考上了不同的大学。毕业后，我进了电视台，干上了新闻这个行当。

母亲很是高兴，从此也爱上了电视。

父亲告诉我，每天一到新闻播出的时间，母亲总会拉着他，一起看新闻。尽管她听惯了闽南话的耳朵对普通话有很强的免疫力，听不懂新闻讲的是什么，但她仍然看得有滋有味，尤其是我采访的新闻。

父亲总会告诉她，我到哪里去了，采访了什么。渐渐地，母亲认识的为数不多的几个汉字中又多了三个字——我的名字。

我自己几乎从来没有在电视上上过镜，一来担心带有地方腔的普通话会贻笑大方；二来担心自己的容貌对不起观众。不过经常有机会拿话筒采访别人，这个时候，母亲总能轻易地认出是我的手，只要我拿话筒的手出现在屏幕上，她总会兴奋地叫起我的小名。

为什么能认出我的手？母亲说，那是由于我的大拇指关节比平常人要凸出一点。

其实我家离电视台只有二三十公里路，但由于工作繁忙，我却很少回家，只能隔三岔五地打个电话，而且只是三言两语。

新闻成为父母亲了解他们儿子的重要渠道。

有时看到我在烈日下采访，母亲会让父亲打电话给我，嘱咐我出门一定要戴帽子；有时一两天没有我采访的新闻播出，母亲就着急，

直到在电话里听到我的声音才会安心。

于是每当手持话筒采访时，我总是尽量将大拇指高高地凸起，我知道母亲的眼睛在荧屏前注视着它。

直到后来我换了一个女搭档，从此拍摄重任就落在我身上，连拿话筒的机会都很少了。

时间一长，父亲来电话说，也不知道这一段时间我干了些什么。我这才想起很久没往家里打电话，想起母亲那双期待的眼睛，心里充满了愧疚。

一位朋友听我谈起这件事情，很是感动。他拿起我的手，仔细地看了半天说，奇怪，怎么看你的大拇指关节也不会比我的更凸出！

母亲的直觉

赏析／白　昱

一位目不识丁、听不懂普通话的母亲借助电视新闻来关注儿子的最新动态。

儿子并不是家喻户晓的风云人物，而只是一个手持话筒不露面采访的小记者。母亲却能靠拿话筒的手上凸出的大拇指关节来辨认出儿子。儿子的关节并不算凸出，是母亲那种特殊的直觉和儿子对母亲的孝心使两人通过凸出的大拇指关节得到了交流。母亲可以从凸出的大拇指关节得知儿子健康、平安，儿子明白了母亲对自己的牵挂思念，所以尽量使大拇指关节更凸出些，好让母亲安心。

母亲是细心的，爱让她熟悉孩子的任何一个表情，任何一个动作，总之母亲不会遗漏任何一个细节。

老人一辈子辛辛苦苦付出都是为了儿女，作为儿女应该常常问候他们，与家人分享快乐，分担忧愁。

礼　　物

●文/钱立志

今天是老奶奶格兰特的生日。

她早早地起了床，等待着邮件。如果有邮差沿街走过来的话，她能从二楼的一个套间里看见。她很少有信或其他邮品，若有了，底楼的那个小男孩约翰尼会给她送上楼来的。

她今天确信会有邮件。尽管平时女儿米拉很少写信来，但是米拉是不会忘了母亲的生日的。米拉很忙，她丈夫去年当上了市长，米拉也因十分孝敬老人而获得了奖章。

女儿以此为荣，她也为女儿感到骄傲。她还有一个女儿叫伊尼德，更是她所疼爱的。伊尼德没有结过婚，她能同母亲生活在一起，并在街头拐弯处的一个小学校里教书，就似乎已经很满足了。直到有一天晚上，她说："母亲，我已经讲好了，请穆列森太太来照顾您几天。明天我不得不去住医院了。哦，不过是个小手术。我不久就会回家来的。"

第二天早上她就去了，但她再也没有回家，而是永远地住在了那凄风四起的山丘墓地里。米拉赶回来参加了葬礼并以高效率的办事能力，安排穆列森太太住在家里照顾妈妈。

这已是两年前的事情了。米拉以后曾三次回来探望母亲，但她丈夫从未来过。老奶奶今天八十岁了。今天她穿上了她最好的衣服。也许，也许米拉能回来吧！老奶奶心想。毕竟八十寿辰是具有特殊意义的生日。

万一米拉不回来,她会收到一份礼物的。老奶奶坚信这点。她的两颊泛起了红云,她激动异常——简直像个孩子似的。她多么喜欢过生日啊。

昨天穆列森太太已特地把套间打扫了一遍,老奶奶还准备好了一个大蛋糕。小男孩约翰尼带着一口袋钱币上楼来了,他说他等邮差来了再出去玩。

"我猜你收到了许多礼物,"小男孩说,"上星期我六周岁时也收到了许多礼物。"

老奶奶喜欢什么呢?她喜欢一双拖鞋或是一件羊毛衫?或许她喜欢一个台灯,这样织起毛衣来就不会那样多地漏针了。或许她喜欢一个小钟,上面有清楚的黑色的数字。或许她喜欢一本有关旅游的图书。或许她还喜欢许多别的东西。

她靠近窗户坐着,瞧着。终于,邮差骑着自行车在拐弯处出现了。她的心飞快地跳动着。约翰尼也看见了,并马上跑到了大门口。

然后,听到上楼的脚步声了。约翰尼在敲她的房门。

"奶奶,奶奶!"他大叫着,"我拿来了你的邮件。"

他递给她四封信。三封未封口的信是由老朋友寄来的,第四封信封了口,是米拉写来的。老奶奶此时感到一阵失望的痛苦。

"没有小邮包吗,约翰尼?"

"没有呀,奶奶。"

也许包裹太大了不能够信汇,寄包裹会来得晚一些。就是这样!她现在只能这样解释了。

她几乎是勉强地撕开了信。在一张精美的卡片中,夹着一张支票。卡片上印着"生日快乐"几个字,下方写着这样一句话:"您用这张支票自己去买些好东西吧。米拉和哈乐德。"

支票像一只折断了翅膀的小鸟,飘落到地板上。老奶奶慢慢地把它捡了起来。这就是米拉送来的礼物,老奶奶用她那颤抖的双手,把它撕成了小碎片。

最好的礼物是爱

赏析／辛　昕

　　我们顺着作者的笔可以感受到老人的喜悦，更多的是对女儿的满心期待。母亲深爱女儿,也深信女儿同样爱着自己,还准备好了大蛋糕，正当我们似乎已经预见老奶奶今天将会过一个愉快的生日的时候,邮差来了,没有带来母亲想要的礼物,一张支票打碎了她的满心期待。为什么呢？支票意味着老人可以买很多她喜欢的东西呀！但老人在自己八十大寿时最想得到的礼物不是别的什么，仅是女儿的爱。

　　生活在没有感情的荒漠中的人不会快乐，一女去世一女远离自己，老人是多么渴望女儿的关爱。古语云："千里送鹅毛，礼轻情义重。"若是没情义的话,即使是上亿美元的支票也仅是苍白的礼物。老人一辈子辛辛苦苦付出都是为了儿女，作为儿女都应该常常问候他们,与家人分享快乐,分担忧愁,让他们不再孤寂。

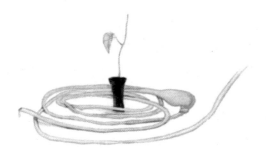

当海浪打来的时候,小灰雀总能迅速地起飞,而海鸥总显得非常笨拙,然而,真正能飞越大海横过大洋的还是它们。

母亲给出的答案

●文/佚 名

有个孩子对一个问题一直想不通:为什么他的同桌想考第———下子就考了第一,而自己想考第一却才考了全班第二十一名?

回家后他问道:"妈妈,我是不是比别人笨?我觉得我和他一样听老师的话,一样认真地做作业,可是,为什么我总比他落后?"妈妈听了儿子的话,感觉到儿子开始有自尊心了,而这种自尊心正在被学校的排名伤害着。她望着儿子,没有回答,因为她不知该怎样回答。

又一次考试后,孩子考了第十七名,而他的同桌还是第一名。回家后,儿子又问了同样的问题。她真想说,人的智力确实有三六九等,考第一的人,脑子就是比一般人的灵。然而这样的回答,难道是孩子真想知道的答案吗?她庆幸自己没说出口。

应该怎样回答儿子的问题呢?有几次,她真想重复那几句被上万个父母重复了上万次的话——你太贪玩了,你在学习上还不够勤奋,和别人比起来还不够努力……以此来搪塞儿子。然而,像她儿子这样脑袋不够聪明,在班上成绩不甚突出的孩子,平时活得还不够辛苦吗?所以她没有那么做,她想为儿子的问题找到一个完美的答案。

儿子小学毕业了,虽然他比过去更加刻苦,但依然没赶上他的同桌,不过与过去相比,他的成绩一直在提高。为了对儿子的进步表示赞赏,她带他去看了一次大海。就是在这次旅行中,这位母亲回答了儿子的问题。

现在这位做儿子的再也不担心自己的名次了，也再没有人追问他小学时成绩排第几名，因为去年他已经以全校第一名的成绩考入了清华。寒假归来时，母校请他给同学及家长们做一个报告。其中他讲了小时候的一段经历："我和母亲坐在沙滩上，她指着前面对我说，你看那些在海边争食的鸟儿，当海浪打来的时候，小灰雀总能迅速地起飞，它们拍打两三下翅膀就升入了天空；而海鸥总显得非常笨拙，它们从沙滩飞入天空总要很长时间，然而，真正能飞越大海横过大洋的还是它们。"这个报告使很多母亲流下了眼泪，其中包括他自己的母亲。

要赢别人先要赢自己

赏析／培　宁

回答孩子提出的问题，对于母亲来说是一门艺术。而故事中母亲所给出的答案可以说是完美的，正是听了这个答案，儿子如沙滩上的海鸥一样，展翅高飞，飞越大海横过大洋。

总比同桌落后的孩子最需要的是自信心和他人对自己的肯定。不自信的人往往非常在乎他人对自己的看法。其实要赢别人先要赢自己，战胜自己！母亲准确地抓住了儿子的心理需要，让儿子建立了信心，使儿子这只海鸥能够飞越大海，横过大洋。母亲功不可没。

和天使一起成长

感动系列

你的关心,你的问候,就是献给妈妈一束生命中最灿烂,最香的玫瑰。

告诉妈妈,我爱她

● 文/佚 名

连续三个星期,约翰一直忙着拜访客户。母亲的生日快到了,过去他总要在这一天回到母亲身边,向她送上衷心的祝福,但今年他实在太累了。

一天,他驱车路过一家花店时,心想:"给妈妈送几枝玫瑰花不就行了吗?"于是,他大步流星地走进那家花店,只见一个男孩正在问店主:"阿姨,六美元能买多少玫瑰?"店主对他说:"玫瑰的价格太高,你不如买些康乃馨。"

"不,我就要玫瑰。"他说,"我妈妈去年得了一场大病,我却没能在她床前尽孝,所以,我希望选个不同寻常的礼物。看来玫瑰最合适,因为那是她最喜欢的花。"男孩的态度很坚决。

店主抬头瞧了一下约翰,继而无奈地摇摇头。可是,男孩的话打动了约翰心灵深处的某种东西,他看看店主,用口型表示愿意替男孩付清玫瑰花的钱。这下店主放心了,她注视着男孩说:"好吧,你的六美元能买一打玫瑰。"男孩听罢高兴得差点儿跳起来。他接过玫瑰直奔店外,却不知道约翰为他垫付了三十五美元。看到男孩如愿以偿,约翰心里同样甜。

约翰也在这家花店为妈妈订了几枝鲜花,并再三嘱托店主送花时务必附上一张纸条,告诉妈妈他是多么爱她。然后,他乐呵呵地离开了花店。在距花店大约两个街区的地方,他遇到了红灯。这时,他看见男孩正沿着人行道向前疾走，最终跨过马路从两扇大门间进了一座公园——不！突然，他意识到那不是公园，而是公墓。

约翰突然对这个男孩的举动很好奇，于是，他把车停在路边，开始步行顺着篱笆跟着男孩。他和男孩只差三十米。男孩在一块小墓碑前停下，跪在地上，小心翼翼地把玫瑰摆好，便抽泣不止。男孩边哭边说："妈妈呀，妈妈，我真后悔，没告诉你我是怎样地爱你。"

约翰转过身去，泪水像泉涌一般流出眼眶。他返回汽车，快速赶到花店，告诉店主他将亲自把鲜花送给母亲。他决定再次对母亲说，他是多么的爱她。

你知道妈妈喜欢什么吗

赏析／若 辰

当小男孩声泪俱下地说"妈妈，我爱你"的时候，妈妈早已听不见了，多么遗憾！不过我想小男孩的妈妈会知道他爱她的。

当小男孩说妈妈最喜欢玫瑰时，我很惭愧，因为我不知道与自己朝夕相处的妈妈喜欢什么，而妈妈却对我的喜好了如指掌，如数家珍。我对妈妈的生日很模糊，可妈妈对我的生日却是很清楚。

其实只有真正去关心、了解一个人，才会知道他究竟喜欢什么。你的关心，你的问候，就是献给妈妈一束生命中最灿烂，最香的玫瑰。

黄花遍地

和天使一起成长

风站岗在每一个村落的出口
午后浓烈的阳光
溶化在眼泪里
时间堆积的心事,踩着歌谣
童年里的每一块泥巴
相连的脉络缝合宇宙的神话
幸福的飞鸟在荡漾的黑泥中
多了一种动态的声音

> 不独蚊子，一个慈爱的母亲随时准备与儿子分担的，还有风霜、屈辱、挫折和不幸！

分一些蚊子进来

●文/刘 强

"分一些蚊子进来……"这是母亲在那个炎热的夏夜说的一句话。每当春去暑来，惹人嫌恶的蚊子肆虐为患时，我便会想起这句话，想起那个夜晚。

那年夏天很热，蚊虫猖獗。从遥远的外地赶回家的第一晚，我在父母的卧室里铺了一张凉席，打算像小时候一样，听着父亲的鼾声入梦。在浓得化不开的亲情中，我们聊到深夜。后来，母亲说睡吧，剩下的话明天再说，便用蒲扇驱赶蚊虫，放下了他们床上的蚊帐。我也倒头而睡，身心里满是回到家里的自由和舒坦。原以为这一觉足可高枕无忧：我的脚边，点了一盘"斑马"牌蚊香；不远处，还有一台早已开始工作的电风扇。不料夜半还是被饕餮的蚊子叮得发毛，半梦半醒之间，脸上、身上被人打得劈啪有声，睁眼一看，那只不讲道理的手竟是自己的！

辗转反侧中，灯忽然亮了。我迷迷糊糊地看见母亲从床上爬起来，动作很轻地撩开蚊帐，用两端的帐钩挂起来，恢复了白天的样子！正纳闷时，听见父亲疲倦而又有些恼怒的声音问："你这是干什么？……"

"你没听见蚊子正咬着儿子吗？"母亲压低声音，语调里竟有几分兴奋，"咱把帐子打开，分一些蚊子进来，儿子可以少受些罪……"

蚊子在那一刻之后，仿佛都被母亲"迎"进了帐中，而我的睡意，也仿佛被温水泡了一下,打了个激灵。

"分一些蚊子进来!"反复咀嚼这句话,双目仿佛被强光所刺而发疼,未几,左眼的泪流到右眼,右眼的泪砸在枕上……我在心里叫着:"妈妈!"

"分一些蚊子进来!"一句平平淡淡的话,却满载着够我受用一生的慈母情。不独蚊子,一个慈爱的母亲随时准备与儿子分担的,还有风霜、屈辱、挫折和不幸!世界上,一切债务都可以还清,除了我们欠母亲的情!

藏在点滴中的爱

赏析/冉 然

"世上只有妈妈好,有妈的孩子像块宝……"这首歌从小便会哼了,但我一直都觉得它土得掉渣。不过当我看完这个故事,我口里竟不知不觉地哼起这首歌来。"分些蚊子进来",乍一看文中母亲这句话,感觉她过于天真滑稽,再一看,才感觉到她语调中的几分兴奋是完全源于内心对儿子的爱!蚊子是我们人见人厌,深恶痛绝的,母亲为了分担儿子被蚊子围攻的痛苦,大开蚊帐来吸引蚊子,真是可敬。

日常生活中,许多母亲都会做很多类似"分一些蚊子进来"的事,只是这些事情过于琐碎,母亲把爱都藏在了点点滴滴中了,还有待我们带着感恩的心去发现。

> 与妈妈为自己所做的事情相比，自己所做的是多么微不足道。

免　费

● 文/[美]雪莉·凯撒

一天晚上，我正在准备晚饭，我的十岁的儿子走进厨房递给我一张纸，他在纸上写了一些东西。我在围裙上擦了擦手，仔细地看了看，上面写着：

割草，五美元；

这一周整理自己的床铺，一美元；

去商店，五十美分；

你去购物我照看小弟弟，二十五美分；

倒垃圾，一美元；

取得了优秀的成绩单，五美元；

还有打扫院子，两美元。

看着他满怀期待地站在那里，千万个记忆一瞬间闪过我的脑海。我接过那张纸，翻到背面，在上面写道：

怀你九个月，免费；

为你熬夜，请医生为你看病，免费；

多年来花在你身上的时光、为了你流过的泪、抚养你成长所付出的一切，免费；

日日夜夜为你担忧，将来还要为你操心，免费；

给你忠告和教你知识，供你上学，免费；

给你买玩具、食品、衣服，为你擦鼻涕，免费；

儿子,当你把这些都加到一起时,妈妈付出的所有的爱都是免费的。

看完之后,儿子的眼睛里噙满了大滴的泪水。他望着我说:"妈妈,我真的很爱你。"说着拿起笔在纸上写下了很大的几个字:账已付清。

母爱无价

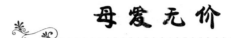

赏析/卓 宇

天真精明的十岁儿子给妈妈列出了一份清单和妈妈需要支付的金额——他希望他所做的事情能够得到妈妈的肯定和奖励。妈妈看了之后也向儿子列出了一份清单——为儿子所做的一切事情都是免费的。妈妈不求回报的清单让儿子明白了:与妈妈为自己所做的事情相比,自己所做的是多么微不足道。这些只是自己应该做的小事情而已。

"账已付清"是儿子天真可爱的想法,其实他还未能真正懂得妈妈的爱。要知道,母爱像大海一样,宽阔无边,是任何人都无法偿还清的,也许等我们都担任起父母的角色才会真正地懂得母爱无价。

那不仅是一顿午餐，更是母亲满满的爱心，甚至连掺杂在里面的头发，也一样是母亲的爱。

便当里的头发

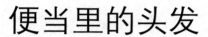

●文/佚 名

在那个贫困的年代里，很多同学往往连带个像样的便当到学校上课的能力都没有，我邻座的同学就是如此。

他的饭菜永远是黑黑的豆豉，我的便当却经常装着火腿和荷包蛋，两者有着天壤之别。

而且这个同学，每次都会先从便当里捡出头发之后，再若无其事地吃他的便当。这个令人浑身不舒服的发现一直持续着。

"可见他妈妈有多邋遢，竟然每天饭里都有头发。"同学们私底下议论着。为了顾及同学自尊，又不能表现出来，总觉得好肮脏，因此对这同学的印象，也开始大打折扣。

有一天学校放学之后，那同学叫住了我："如果没什么事就去我家玩吧。"虽然心中不太愿意，不过自从同班以来，他第一次开口邀请我到家里玩，所以我不好意思拒绝他。

随朋友来到了位于汉城最陡峭地形的某个贫民村。

"妈，我带朋友来了。"听到儿子兴奋的声音之后，房门打开了。他年迈的母亲出现在门口。"我儿子的朋友来啦，让我看看。"

但是走出房门的同学母亲，只是用手摸着房门外的梁柱。

原来她是双眼失明的盲人。我感觉到一阵鼻酸，一句话都说不出来。

同学的便当菜虽然每天如常都是豆豉，却是眼睛看不到的母亲，小心翼翼帮他装的便当,那不仅是一顿午餐,更是母亲满满的爱心,甚至连掺杂在里面的头发,也一样是母亲的爱。

没有残缺的爱

赏析／会　子

　　一个贫穷的妈妈每天为儿子做便当。一份份的便当里除了有黑黑的豆豉外,还有头发掺杂在其中。为此,孩子受到了其他同学的不理解与歧视,孩子却不以为然,每天都享受着这简单的便当。因为这是双目失明的妈妈给他做的世二最好的便当。

　　残疾人的子女往往会有自卑心理,担心其他孩子会嘲笑自己,但是故事中这位孩子没有自卑,因为他感受到了妈妈对他的爱。虽然她身体有残疾,行动不方便,但这份爱与其他父母给予孩子的是一样的,是没有残缺的,满满的爱。无须感到低人一等,我们应该为有这样的妈妈而感到骄傲自豪。

再多的谎言,在母亲永远真实的世界里,在真、善、美的感染下,谎言都将化为善言。

慈　悲

●文/徐志义

我母亲是个退休中学教师,她心底慈悲,乐善好施,尤其是看见乞丐就施舍。这天,我看见母亲从街上回来不高兴,问她怎么了,母亲说,一个乞丐可怜巴巴地求她,说三天没吃饭了,快要饿死了! 她说,你跟我来吧。来到一个饭店,她进去买了饭菜,却不见了那个乞丐。饭店里的人告诉她,那个乞丐骗你呢,他不是饿,是向你要钱! 买的饭菜白扔了,母亲为此生气。我说母亲:满街的人都知道现在的乞丐是骗子,是寄生虫,就靠您这种人养活呢! 母亲听了苦笑。

一天下午,我和母亲去公园里散步,见一个小伙子跪在地上,面前铺着一张白纸,白纸上写着:我是一个高中生,就要考大学了,家乡受了灾,家里又不幸失了火,房子、衣物、粮食都烧光了! 我想考大学,跪拜各位好心人可怜、资助我……母亲看完就掏兜,我赶紧挡住,强拉她走开。母亲怪我:你这个丫头,我试试他! 母亲又走上前,从兜里掏出的不是钱,是纸和笔。母亲对那跪着的小伙子说:我出两道高中的数学题,看你能不能做出来。母亲说了往纸上写题,忽地就不见了那个小伙子,地上空落下一张骗人的文告。我抱着母亲乐:妈,你也学精了! 不,妈妈真英明!

又是一天,我和母亲走在街上,一位年轻妇女抱着孩子迎上来,哀求说,她的孩子发烧咳嗽得厉害,可能是急性肺炎,他们夫妇双双下岗,生活困难,没钱去医院。母亲上前掀开毛巾被摸摸那孩子,就紧张了,掏出三百块钱,要她赶紧去儿童医院。那年轻妇女抱着孩子跪下磕了个头,就去了。我气得一朵脚说母亲:"妈,那是个真孩子假孩子你看清楚了没有啊?!""烧得厉害!""妈,你就不能心肠硬点儿!"母亲生气了,说:"我要心肠硬,还会有你吗?!"我低头无语,我是被母亲捡拾的弃婴。

回到家里,母亲又去银行取出一千元钱,要我赶紧去儿童医院,看那孩子住不住医院。我是真不想去,可想到母亲刚才说的那句话,就不敢违命了。但是,我敢肯定,那又是骗局,带回来的肯定会是坏消息!这样也好,让母亲再接受一回教训!

我去到儿童医院,见了大夫。大夫说,那个年轻妇女抱来的孩子不是急性肺炎,治好了,已经走了。我回来就告诉母亲说:"妈,我告诉你个坏消息,那个孩子没有得急性肺炎!"

母亲听了两眼放光,问:

"你是说她的孩子没事了?"

"是啊!"

"这是我心里盼望的大好消息呀!"

母亲高兴得两眼流泪,不知为啥,我也流泪了。

母亲的世界永远真实

赏析/晓 晖

母亲的一种"错误"从不改正,在母亲的世界里没有谎言。

母亲一而再,再而三地相信各种谎言,对儿子的劝告也总是坚持自己的想法。不是母亲傻,而是一种母爱慈悲天下的情怀。

只要有万分之一的真实,母亲就不肯放弃千万的说谎者。因为那万分之一的真实,却是百分之百的真、善、美。

圣洁的母亲有着天使的善良和菩萨的慈悲。再多的谎言,在母亲永远真实的世界里,在真、善、美的感染下,谎言都将化为善言。

我能给予母亲的最大安慰就是——让母亲知道
正是这种爱成就了儿子的人生幸福……

三个不能让母亲知道的真相

●文／闲　情

　　我是一个乡下孩子。母亲是土生土长的乡下人，没有什么文化。但没文化的母亲对孩子的爱并不会因为愚昧、不科学的原因比有文化的母亲少一分，只不过有的时候会以"特别"的形式表现出来。

　　高三那年的一个周末，母亲第一次搭别人的车来到县城的一中，给我带来一盒营养液。母亲说："听人家说，这东西补脑子，喝了它准能考上大学。"

　　我嘟囔着："那么贵，又借钱了吧?"母亲一笑："没有，是用镯子换的。"

　　那只漂亮的银手镯是外祖母传给母亲的，是贫穷的母亲最贵重的东西了。

　　母亲走后，我打开一小瓶营养液，慢慢地喝下了那浑浊的液体。没想到我当天晚上便被送进医院。原来母亲带来的那盒营养液是伪劣产品。回到学校，我把它全扔了。

　　当我接到大学录取通知书时，母亲欣慰道："那营养液还真不白喝呀，当初你爸还怕人家骗咱呢。"我使劲地点着头。

　　一个炎炎夏日，正读大学的我收到一个来自家里的包裹单。我急匆匆赶至邮局取邮包，未及打开那个小纸箱，一股浓浓的馊味已扑面而来。屏着呼吸打开才发现里面装的是五个煮熟的鸡蛋，经过千里迢迢的邮途，早已变质发臭。

　　很快,母亲要领导代写的信飞至。原来,前些日子家乡流行一种说法,说母亲买五个鸡蛋,煮熟了送给儿女吃,就能保儿女平安。母亲在信中还一再嘱咐,让我一定要一口气吃掉那五个鸡蛋……

　　读信的那一刻,我心里暖融融的,仿佛母亲就站在面前,慈祥地看着我吃下了五个鸡蛋。放暑假回家,母亲问我鸡蛋是否坏了,我笑着说:"没有,我一口气都吃了。"

　　毕业前,我写信告诉母亲,我找女朋友了,母亲十分欢喜,很快寄来了一条红围巾。当我拿给女友时,她不屑地说了声:"多土啊,你看现在谁还围它?"

　　后来,我跟女友的关系越来越淡,最后只得分手。那日,我问她:"那条红围巾呢?"

　　"那破玩意我早扔了,你要,我可以再给你买一打。"我心里充满悲哀,为母亲那条无辜的红围巾。

　　后来当我和妻恋爱时,我送给她的第一件礼物,就是跟母亲那条一模一样的红围巾。母亲说:'那条围巾一下子就帮儿子拴住了一个好媳妇……"看着母亲那一脸的喜悦,我当然不能告诉母亲,这个媳妇不是用她那条红围巾给拴住的……

　　不过这有什么关系呢,我只要知道母亲是爱我的,而我能给予母亲的最大安慰就是——让母亲知道正是这种爱成就了儿子的人生幸福,所以这三件事的真相我决定永远不告诉母亲。

原来如此！

赏析／小 微

　　读完这则故事，我们知道了三个真相：母亲送来的营养品是劣质产品，"我"喝完身体不适被送进医院；母亲寄来的五个熟鸡蛋已经变质发臭不能再吃；母亲寄来的红围巾被女友扔掉，这条"土"围巾致使我与女友关系破裂。母亲所做的一切都适得其反。但是，原来营养品是母亲用最贵的镯子换来的，寄托着母亲对"我"学习的期望；原来五个熟鸡蛋是母亲千里迢迢送给儿子吃的，寄托着母亲希望"我"平安的愿望；原来红围巾是母亲送给儿子拴住媳妇的，寄托着母亲对"我"幸福的希冀。原来如此！

　　我们经常会对母亲的一些唠叨不理解甚至报怨，总觉得存在很大的代沟，其实，只要我们用心去体会母亲的爱，我们才发现"原来如此"！

> 分到的财产是有限的,总有用完的一天,而妈妈的爱则像汪洋大海,是永不枯竭的。

分到最宝贵的妈妈

●文/(台湾)林清玄

一位朋友从国外赶回来参加父亲的丧礼,因为他来得太迟,家产已经被兄弟分光了。

朋友对我说:"在我还没有回家以前,我的兄弟把家产都分光了,他们什么也没有留给我,分给我的只是我们惟一的妈妈。"

朋友说着说着,就在黑暗的房子里哭泣起来。朋友在国外事业有成,所以他不是为财产哭泣,而是为兄弟的情义伤心。

我安慰朋友说:"你能分到惟一的妈妈是最大的福报呀!在这个世界上,有很多很多人愿意舍弃所有的财富,只换回自己的妈妈都不可以呀!"朋友听了,欢喜地笑了。

我说:"要是你的兄弟连惟一的妈妈也不留给你,你才是真的惨呢!"

和天使一起

感动系列

母爱永不枯竭

赏析/阿 舒

寥寥两百字,却道出了一个真理:妈妈是最宝贵的精神财富。分到的财产是有限的,总有用完的一天,而妈妈的爱则像汪洋大海,是永不枯竭的。

读这篇文章不禁让我想起另一个关于妈妈的故事。有一个孤儿,由母亲一手抚养成人。当他那位将要过门的妻子提出要吃他母亲的心时,他义无反顾、毫不手软地把母亲杀死并剖开心脏。当他捧着心给妻子送去时,一不小心摔倒了,滚出几步的心紧张地问了句:"儿子,你摔疼了吗?"这个血腥的让人窒息的故事,本意是嘲讽那些"娶了媳妇忘了娘"的没良心的儿子们的,但是我们可以从一个侧面感悟到母亲对儿女的彻底、伟大的无私之爱。值得天下的儿子们深深的反思。由此可见,母爱可以是轰轰烈烈的雷雨,也可以是润物细无声的春水,无论如何,它都会给你最及时的滋润,都是抚慰心灵最好的良药。

作为全村最贫穷的家庭，母亲望子成龙，望女成凤的愿望，当然是最强烈的，最迫切的。

因 我 流 泪

● 文/佚 名

　　幸运的我很不幸地出生在全村最贫穷的一户家庭。低矮的房子，借着房顶上射进来的几束太阳光才能看清楚里面的东西，一下稍大点的雨就会满屋子进水。别人家都吃上香喷喷的白米饭的时候，我家依然坚持着每天吃又干又硬的番薯丝。我小时候不小心打破一个碗，父亲就像是要了他的命似的，拿着竹鞭追着要打我，满村子跑了个遍，他还不依不饶。但母亲是个坚强的女人，家庭的极度穷困，她没有半句怨言，每天都默默地忙里忙外，和父亲一起支撑起这个家，再苦再累的时候也从不会叫声苦、掉滴泪。然而坚强的母亲却因为我流过三次眼泪。

　　因为家里穷，交不起学费、我到九岁的时候才开始上小学一年级，在这之前，我一直帮家里干农活。那年开学的时候，学校的老师叫我去上学，说我要是再不上学，一辈子就全给耽误了，母亲也同意了。到学校之后，我才发现上课并不像我想像的那样有意思，一坐就是老半天，而且不许乱动，这我哪受得了啊。一下课，我就背着书包往家里跑，但不敢去见母亲，就在家后面的竹园里爬竹子。这棵竹子爬上去，从那棵竹子上滑下来，挺有意思的。然而一不小心，我的一条腿却被两棵靠得很紧的竹子夹住了，上不去，下不来，痛得要命，我放声大哭起来。母亲闻声走了出来，看到是我，她非常生气。她没有马上救我下来。站在下面，大声训斥我：你上学的钱都是老师出的，这么好的老师，免费让你读书，你却不知好歹跑到这里来玩，现在就让你受点教训。我的腿被夹得实在痛极了，我恳求母亲救我下来，我知道错了。母亲用力扳开竹子让我下来，我无力地坐到地上，母亲卷起我的裤脚发现我的大腿一片乌青，心疼得哭了。眼泪溢出她的眼眶，滴到我的腿上，我感觉到一阵暖意。母亲说：做人要讲良心，你可不能枉费老师的一片好心啊。

母亲第二次因我而哭是我第一次把奖状拿回家的时候。那学期我被评上"三好学生"，一放学我就拿着奖状拼命往家里跑。母亲正在洗衣服，我把奖状拿给母亲看，母亲刚要伸手去接，发现自己的手湿湿的，还都是肥皂泡，就赶紧撩起围裙擦了擦手，然后双手接过我的奖状，用手摸了又摸，眼睛直盯着奖状，好像她认得上面的字似的。这时候我注意到母亲慈祥的脸上挂着微笑，眼里却闪着晶莹的泪花。

母亲最后一次为我流泪，也是哭得最厉害的一次。那是我考上师范之后，母亲很高兴，她说咱家祖祖辈辈都靠种田吃饭，如今总算出了个要吃公家饭的了。开学了，母亲执意要到车站送我，母亲一遍又一遍地重复着那些在家里已经说过无数遍的话。要我好好学习，注意身体，晚上早点睡觉，不要舍不得花钱，没钱用就写信告诉家里……说着说着母亲就流下了眼泪，为了不让我发现，她竭力忍住，转过头用手轻轻擦了擦，我不停地点头答应着母亲的嘱咐。汽车要开的时候，母亲再也忍不住了，一颗颗泪珠不断地从她脸上滑落下来，母亲赶紧用手捂着自己的嘴。车子开出好长一段路后，母亲依然站在那儿，一手捂着嘴，一手不停地向我挥着。

喜极而泣

赏析／关　键

"万般皆下品,惟有读书高。"古人只有经过十年寒窗苦读,考取功名,才能出人头地,建功立业。对于现在深居在大山里的人来说,摆脱贫穷惟一也是最有效的出路,同样还是读书成才,冲出大山,不然就只能一辈子窝在大山里,当一个日出而作日落而息的农民,继续书写贫困史。

作为全村最贫穷的家庭,母亲望子成龙,望女成凤的愿望,当然是最强烈的,最迫切的。等待儿女们能改变贫穷的命运,过上好日子。坚强的她竟为读书的孩子流了三次眼泪,因为她看到了自己的孩子一步一步地成长,一步一步地蜕变,一只雄鹰终于可以独立自由地飞出大山了。

直到听见响亮的关门声，我才回过神来，一转头，一大滴泪从眼眶掉下来。

有一种爱让我感动

●文/边城风

一位年轻的母亲，有一个五岁女儿。一天下午，母亲在阳台上洗衣服，女儿开了门下楼去和小朋友玩。阳台上的母亲直起腰对着头也不回的女儿说了声"小心一点"，又继续她的家务。

女儿和小朋友们玩捉迷藏，他们开心的尖叫声和嬉闹声让母亲觉得今天的阳光特别灿烂。母亲哼着歌儿洗完衣服，又去厨房准备晚饭。

母亲听着女儿偶尔发出的一声笑声或者尖叫声，心里觉得异常踏实。待母亲哼着歌儿做完饭，再愉快地走到阳台上对着下面喊女儿的名字时，却发现整个院落都空荡荡的。

母亲心里不禁紧了一下，她喊女儿的声音越来越大，也越来越急。母亲换上鞋，迅速跑下楼，在院子里转了一圈——应该是跑着找了一圈。但是，女儿那熟悉的身影和声音好像突然从世界上消失了一样。

母亲跑向大门，她想：女儿一定跑到外面去了！一不留神，踩上一块石头，母亲仿佛听到了骨头错位的声音。一股钻心的疼向她袭来，母亲哼了一声，蹲在地上，脱下高跟鞋提在手上，咬紧牙关，又向前跑去。

这时候，我碰巧从外面回来。这位母亲带着哭腔急急地问我，是否看见她的孩子了？我摇摇头，看见她衣衫不整的样子，我也急忙和她一起去找寻她的女儿。

一会儿,有个小孩跑来说,她女儿刚从楼上下来呢,他们依然在玩捉迷藏。这位母亲长长地松了一口气,眼泪止不住地流了下来,人也像虚脱了一般,一拐一瘸地往回走。

我站在楼下,看见她轻轻地牵过女儿的手,艰难地上楼,慢慢地开门进去。直到听见响亮的关门声,我才回过神来,一转头,一大滴泪从眼眶掉下来。

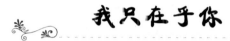

我只在乎你

赏析/李 瑜

年轻的母亲能用欣赏的心态去享受女儿和孩子们的嬉闹声,虽然她没在女儿身边,但她的心是与女儿在一起的。母亲因女儿突然消失在自己视线范围内而紧张万分的场面令人感动:她顾不上骨头错位的痛楚,带着没照看好女儿的愧疚,不断地奔跑、大声呼唤,去找女儿,这个流着泪、衣衫不整的母亲是最美的。

母亲总是保持孩子在自己的视线范围之内,孩子就是他们心头放不下的牵挂,一旦孩子走远母亲便会紧张、担心,因为她们希望孩子停留在自己爱的空间里不受任何伤害。

和天使一起成长
感动系列

其实为了让孩子们身心能健康成长，父母亲不知承受了多少各种各样难用言语表达的痛苦和重担……

母亲的眼神

● 文/(台湾)林燿德

母亲用温柔的眼神轻轻地哼唱：

"乖宝宝，宝宝乖，静静安眠静静睡；乖宝宝，宝宝乖，美丽月色令人醉……"

"不要！"孩子睁大眼珠，"我不要听歌，我要听妈咪说故事。"

母亲笑了，她的脸庞在柔和的夜灯照耀下显得格外圣洁，她轻声说："好，你要听故事，妈咪就说。"

她的瞳睛仿佛是注视着情人，的确，孩子就是她的情人。

"从前，有人坐飞机经过非洲。"

孩子听到非洲，没什么理由就格格地笑了出来。

"驾驶飞机的叔叔喝了一瓶啤酒，就随手把酒瓶丢到飞机外边。"

孩子笑得更大声了，他上气不接下气地问："那个酒瓶是不是砸到了一个小黑人？"

妈咪摸摸孩子的前额，拨弄着那浮泛着红褐色的发丝，她仍然笑着。

"聪明的孩子，那个酒瓶当然砸到一个黑人头上了，不过不是小黑人，而是个……"

"大黑人！"孩子抢答。

"嗯，的确是个大黑人，一个又瘦又高的大黑人。"

孩子狡黠地看着说故事的母亲，他早就听母亲说着同样的故事至少上百次了,但是他已经懂得欣赏女人变幻的瞳睛,那种雾茫茫的光晕。

"咻——"母亲发出滑稽的音效:"那个酒瓶砸在大黑人的头顶。他摸摸脑袋,抬头看见天空有一只铁鸟飞过去,呀,他想,这个瓶子是上帝送给他的礼物……"

孩子睡着了。母亲轻叹一声,离开孩子,走进幽暗的厨房,她倒了一大杯威士忌,狠狠地灌入喉管。

爱 你

赏析／潇 雨

小说只提到两个人:天真无邪的孩子,温柔忧郁的妈妈。其实还有一个人,故事中的大黑人。

我想大黑人就是已经过世的孩子的爸爸,妈妈为了避免孩子幼小的心灵过早承受失去父爱的创伤,隐瞒事实真相。她把对丈夫彻骨的思念编成小故事,故作轻松天天给孩子讲述。等孩子睡着了,她才痛快地借酒浇愁。

其实为了让孩子们身心能健康成长,父母亲不知承受了多少各种各样难用言语表达的痛苦和重担,单凭这一点,我们就应该好好地用爱回报妈妈。

母亲不顾困倦，不顾寒冷，不顾路途颠簸，用这热汤温暖了旅途中的女儿。

六点十分的爱

● 文/苇 文

几年前，一位刚毕业的女孩打电话给父母，说她要去深圳一家外企应聘，无意中提起中途会经过父母所在城市的一个小站。那个小站在邻县，距离她父母所在城市有两个小时车程。

列车停靠在那个小站时是早晨六点十分，停靠时间约十分钟，车刚停稳，女孩倚着窗口，隐约听见有人呼唤着她的名字，她探身窗外——在蒙蒙的曙色中是母亲的身影。

母亲急急忙忙把用毛巾包着的一个瓷缸递给她，揭开盖子，是热气腾腾的肉汤。短暂的十分钟里，母亲几乎不容她说什么，只是那样满足、幸福地催促她一口口喝汤。

天凉，汤冷得快。列车开动时，女孩的母亲握着一个空瓷缸站在月台上向女孩挥手。

女孩的喉头堵着，母亲的身影渐远时，她的泪水流了一脸。她不知道母亲是几点起身的，或许她根本一晚没睡。蒸汤，赶早班车——母亲有关节炎，在整个城市还睡着时，她却在黑冷的夜色里为了一瓷缸汤上路了。而女孩，她本来不是去深圳应聘的。她的男友不辞而别去了深圳，她被一段感情痛苦地纠缠着，想去找他，为爱情讨个结果。

列车抵达深圳时，女孩已经改变了主意。她不想找回一段丢失的爱情了——

如果真的有爱,他不会那样不负责任地一走了之。

失去这段爱情,女孩想,也许并不像她想的那么严重。她留下来,努力地求职与工作,在一家外企有了个不错的职位,以及爱情。

在写给父母的信中,她总是提到那天六点十分的汤,她说是那缸汤给她那次应聘带来了好运和力量。

一缸汤的热度

赏析/立 皑

早晨六点十分,也许你还躺在舒适的床上做着懒懒的美梦,还在家里吃着母亲为你做的可口早餐? 有一位母亲却已在距离家两小时车程的小站等待,因为她的女儿将经过,在晨雾未散的六点十分,她捧着一缸热气腾腾的肉汤准时出现在女儿的列车前。这位母亲不顾困倦,不顾寒冷,不顾身体不适,不顾路途颠簸,也不顾时间短促,她用这热汤温暖了旅途中的女儿。

这热汤不仅温暖了女儿的身体,更是温暖着女儿那颗受了伤的心! 它成功治愈了她的爱情创伤,并使她鼓起勇气去扬起事业的风帆。

秘密已经被我藏起来了，但是我知道有一种沉甸甸地深藏在心底的爱意，却永远挥之不去。

藏起母亲的秘密

●文/张　翔

　　母亲病了，在特别繁忙的工作中倒下，住进了医院，卧床不起。远在故乡的姥姥知道了，爱女心切，立即拖着臃肿的身体，从千里之外的南方小城心事焦灼地赶来看望母亲。母女俩阔别已久，待病床前见面时，居然相拥而哭，惹得旁人也掉了眼泪，也被感动了。

　　姥姥开始不停地嘘寒问暖，唠叨不停，手也不停交互揉搓着，可见她心中的急切。她问母亲："你到底感觉如何，气色这么不好？"

　　母亲微笑着说："感觉还好，就是没有什么食欲，米饭都不想吃。"

　　姥姥急了，说："孩子，不吃东西怎么行呀？你想想到底想吃点什么？"

　　母亲诡秘地笑了："其实我就想吃你包的芹菜饺子了。"姥姥顿时微笑起来，仿佛终于找到了治病的良方，拍膝而起，说："好！我去给你包，你小的时候最喜欢吃的就是芹菜饺子！"

　　说完便起身拉我回家，和面包饺子去了。在家里和面包饺子的时候，姥姥不让我插手，因为我向来不进厨房，她怕我坏了她的好事。

　　我在厨房门口，悄悄看着，姥姥包得极为细心，搓揉扭捏间，老泪轻流，看得我心意阑珊。一个多小时后，芹菜饺子终于做好了，个个饱满鲜香，姥姥将它装进保温饭盒，扯着我就匆匆出门了。

　　姥姥一路上步子走得很急，颤颤巍巍的。我知道她定然是怕饺子凉了！到医院的时候，母亲见着饺子就高兴起来，仿佛犯馋很久了。连忙伸手去接，却忽然想起自己的手脏，于是要外婆去打点水回来洗手，外婆自然起身去了。刚去一会，母亲又对我说："儿子，这离卫生间有点远，去帮帮外婆端水。"于是我也去了。

把外婆接回来的时候，我们忽然看见母亲已经吃开了。母亲笑着说："嘴巴实在馋了，干脆吃了。"我看母亲的饭盒，里面只剩三两个饺子了。姥姥责骂她还是那样嘴馋，脸上却浮起笑容，因为母亲终于还是吃下东西了。

接下来的几餐，母亲依然病重，但食欲却变好了，总是把姥姥包的饺子吃个精光。第二天晚上，我留下来陪母亲。母亲在一旁看书，而我坐在桌前写东西。此间，一个不小心，笔掉在了地上，滚进了母亲的病床底下，于是伸手去摸，笔没摸到，却摸到一袋东西。拖出来一看，我满脸惊讶，竟然是一大袋饺子。

我连忙问母亲怎么回事，母亲叫我塞回去，红着脸说："待会你拿去扔了，不要让姥姥看见了。"

我问："饺子你都没吃呀？"

母亲叹气说："我一点食欲都没有，哪吃得下呀？不要让姥姥知道了，她知道我没有吃，会很担心的。"

"你没食欲，那你还叫姥姥包饺子干什么？"

"你姥姥千里迢迢来照顾我，要是帮不上忙，眼睁睁地看我生病，会很伤心的。知道不？"

我顿时被母亲的话震撼了，终于醒悟过来：原来母亲让姥姥包饺子却又用心良苦地深藏起来，居然只是成全老人的一番爱意，减轻老人担心而已。我提着一袋沉甸甸的饺子来到病房后院，扬手一挥，饺子被隐没在黑色的夜里。秘密已经被我藏起来了，但是我知道有一种沉甸甸深藏心底的爱意，却永远挥之不去。

和天使一起成长

感动系列

希 望

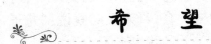

赏析／未 萌

　　年迈的母亲不顾一切，千里迢迢赶来看望生病住院的女儿，并为女儿精心做起了饺子，希望女儿能早日康复。看着这篇文章我感觉到被浓浓的爱包围着。

　　母亲饺子的每一点面粉都搓进了对女儿的关爱，每一个饺子都是母爱的结晶。我们应该向她的女儿学习，她细心体贴，为了不辜负母亲从很远送来的爱，强作馋猫状，让母亲放心、开心。

　　母亲一生都在为孩子生活得好而努力，都希望孩子过好每一天，生活中不能缺少这些希望，因为这希望是获得前进的动力，是快乐和感动的源泉。

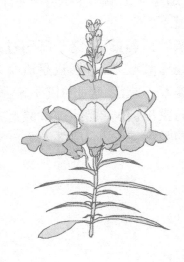

> 我听到母亲在低声地吟唱，细听却似一种戏曲的调子，没有歌词，只有调子，低沉，哀婉……

母　亲

● 文 / 雾雨路

乡村的夜晚宁静而美丽，洁白的月光毫不吝啬地爬满了每座屋舍和窗棂。一座低矮的土坯房，悠悠地透析出我和母亲的影子。母亲掷去了晨日的劳苦，挣脱了疲惫，借着昏暗的光线，用双手和智慧为我和妹妹们剪裁着衣裳；用歌声和故事为我驱赶着寂寞，驱赶着伤痛对我的缠绕。

那时，我向来不懂得母亲日子的艰难。

母亲先后生下了我们姐妹六个，五个女儿，一个儿子，最小的便是弟弟。我是家里的老大，却不曾给母亲减轻些负担。那是一次在晚饭间我因和妹妹争吃一块红薯，而将锅碰翻在地，导致我的腿部和脚被烫伤，不能行走，只得休学在家。

为此，母亲常常自责，说是没有照看好我。夜里，每当伤处稍一疼痛我就大哭大叫，扰得母亲难以入睡。母亲便起来给我讲故事，教我唱歌，来转移我的注意力，母亲一首一首地唱，一句一句地教，母亲不厌其烦。

这时的母亲一边照顾着我，手里还要为我们的穿戴忙碌着，母亲手里的针线娴熟地上下飞舞，歌儿萦绕在我的周围，母亲用针线串起了岁月，串起了日子，串起了美妙而动听的歌谣，串起我童年似真似梦似幻的每一个夜晚。

于是，每每我都是在母亲的歌声和故事中渐渐地睡去……直到我康复。

日子一天天地过去，母亲说日子虽苦但也快啊，你看你转眼都十一岁了，可以帮妈妈干些力所能及的活了，妹妹们还小，你也帮衬着照看照看，学习呢妈妈是不会耽误你的。于是，我下定决心以后要像一个大孩子一样帮妈妈做些活，不让母亲再为我操心了。

可有时苦难总是不让你喘息一刻地来临，在麦收的农忙季节里，父亲却因车祸腿部骨折而失去了劳动能力。母亲望着十多亩的麦田，再看看地头刚刚学会走路的老三和咿呀学语的老四，以及家里炕上躺着的刚过满月的老五和病中的父亲，不禁悲从中来。

我被妈妈指派在家照看五妹，并照顾父亲。母亲为了抢收小麦每每都是顶着星星走，带着月亮回来，这时的月亮虽美，但却洗不去母亲满身的疲惫与无奈，母亲再没有过多语言给我们，生活压得她几乎喘不过气来。

不料这时我却又给母亲带来了无边的痛苦。在炒菜时，因炕上的五妹哭个不停，我便用一只手哄着她，一只手攥着炒菜的锅，这时锅柄突然脱落，顿时热辣辣的油浇到了我的脚上，我号啕大哭起来，父亲唉了一声！

这时正赶上母亲进家门，气得母亲一时把手举到高空中，突然又放了下来。母亲赶紧帮我敷上烫伤药，安顿我躺下，我强忍着痛不敢再哭出声来。

晚上，我屏住呼吸听着母亲的动静，母亲一句话也不说地安顿着妹妹们，母亲没有燃上灯，只有夜色中一轮皎洁的月光透过窗户照射了进来。

这时的疼痛无法让我入眠，我更是小心翼翼地不敢出一点声响，生怕招来母亲的一顿呵斥。

夜已经很深了，我想母亲应该睡下了吧，我慢慢地翻转过身，发现此刻母亲正呆坐在窗前，久久地凝望着天空中的那一轮圆月，眼里似有点点泪光在闪烁，我忽然发现母亲被月光映出了几丝白发，接着我听到母亲在低声地吟唱，细听却似一种戏曲的调子，没有歌词，只有调子,低沉,哀婉……我忍住哭声,蒙上被子,任眼泪倾泻,直到天亮。

坚强的爱

赏析／布 丁

　　曹雪芹在《红楼梦》中借贾宝玉的口说:"女人是水做的。"在很多人的眼中,女性是阴柔脆弱的,与男性的阳刚坚强相对。其实母爱并不只有柔美。小说中的母亲就兼有了柔韧和坚强。她的丈夫不幸骨折失去劳动能力,子女多而且年纪小,生活过得很清贫,农作任务艰巨。对丈夫、对子女的爱和责任,促使这位母亲变得异常的坚强,她用勤劳、吃苦的坚韧精神撑起了整个家庭,还让家庭充满了爱。

　　敢于面对生活挑战的人就是生活的胜利者,正如文中这位母亲能慈爱地对子女,也能坚强地支撑一个家。

在送儿子出门时,送了一程又一程,只为能与儿子多呆一会,为儿子减轻行李的负担。

回　家

● 文/张斗海

二〇〇〇年春节,我终于带女朋友回家。事先在电话中通知了家里,听得出,母亲在几百公里之外依然掩饰不住内心的喜悦,详细地问我们哪天回家,坐几点的车,什么时候到车站。母亲说,让你大哥到时去接你。

腊月二十八,经过六七个小时的颠簸,车子到了家乡小镇。下了车,远远地就望见大哥在等我们。大哥说,母亲怕错过了车,吃过午饭就催他来了。

回到家里,母亲早就买了水果,准备了一大桌好菜。而平时,母亲自己是从来舍不得买水果吃的。吃过晚饭,我拿出给父亲母亲买的三枪内衣、羊毛衫裤、荔枝桂圆和给小侄儿买的零食。母亲心疼地责怪我:回家就回家,买这么多东西干什么?得花好几百块呐!责怪完了母亲又唠叨,你们在外面开销大,一年也存不了几个钱,以后结婚成家,用钱的地方多着呢,这样大手大脚地做什么。过年在家的短短几天,母亲对女友关怀备至,担心在城里待惯了,乡下的饭菜吃不惯,乡下冷,晚上休息不好。母亲仿佛对待的不是自己未来的儿媳妇,而是一个尊贵的客人。母亲的热情让女友很不好意思,也多少有些不自在。

正月初五,我和女友要返回南京。几天前,母亲就将几挂咸鱼咸肉晒好,要给我们带走。我说不用,这些东西外面都买得到。母亲说,买的哪有家里腌的好吃,有现成的,又何必花那份钱呢。初四晚上,母亲将晒干的咸鱼咸肉一一用塑料袋装好,放进我们包里。见包还有些空,母亲又将一只咸鸭硬塞进去。母亲说再煮几个鸡蛋、装一些花生让我们路上吃。我几番劝阻,母亲才作罢。

车子是早上六点多的。一大早,母亲就起床给我们下了点面。吃完面,我和女友与母亲告别,拎着大包小包出门。最大的那只旅行包装满咸鱼咸肉,很重,比我们回家的时候还重。

走了十几步,母亲忽然追上来,说送我们一程。我说不用。母亲说:送一程吧,两个人拎,总比一个人轻松。说完不容我再说,一把拎起包带。冬天的清晨寒气逼人,脸上、手上都冷飕飕的。我、女友和母亲走在阒无一人的乡村公路上。天微微亮了些,我扭头看母亲。

母亲头发有些零乱,不少已经花白;额上的皱纹很密,皮肤粗糙,几乎没有光泽。这时候,我才不经意地发现,自己已经好长时间没有仔细地端详过母亲了,母亲一年比一年老,比我印象中的苍老多了。母亲很瘦小,和我一人拎着一边包带,为了多出一些力,母亲半侧着身子,尽量向上缩着手臂。我心中一酸,说,妈,你回去吧。

母亲说:再送一程,送到前面岭头上。到了岭头,我又说:妈,你回去吧,我们行。母亲说:只有一点路了,送到车站吧。我心中又一酸,眼眶湿了。我知道,无论怎样劝,母亲也不肯回的。

到了车站,等车的时候,母亲不停地叮嘱;我不住点头,让她和父亲在家要注意身体,有什么病及时上医院看,别硬熬。母亲说,看病贵着呢,能不去就不去,躺几天就好了。我听了,一时不知道说什么好了。车来了,母亲帮我们将行李拎上车,站在车窗前看着我们。我让她回。母亲说,不急,等车开了,我再回。

车终于开了。我回过头去,母亲站在马路边望着我们。其实,隔着玻璃,母亲是看不见我们的。但母亲还是一眼不眨地望着。母亲不习惯说再见,也不会挥手,只是在马路边直直地站着向我们凝望。车子渐渐加速,瘦小的母亲,很快消失在视线里。

这时候,我摘下眼镜,偷偷地擦了擦噙了许久的泪。

儿子，让我送你吧！

赏析／非　非

　　人越到老年，就越害怕孤单，越是希望孩子在自己的身边，即便像那个又瘦小又苍老的母亲，有机会对着不常回家的儿子唠叨个不停也是件幸福的事，因为母亲总得有机会表达自己的爱。

　　咸鱼、咸肉、咸鸭已塞满整个旅行包，这些东西加进了大量爱的佐料，或许这些已经是家里全部的库存，母亲毫不犹豫地给了儿子。在送儿子出门时，送了一程又一程，只为能与儿子多呆一会，为儿子减轻行李的负担。

　　母亲为孩子倾其所有的奉献天天在我们的身边上演，细心去发现吧！

对儿子的爱就像一条清澈透明的河,自然纯净,没有一丝杂质,而且只有源头,而没有尽头。

母爱与爱母

●文/黄永达

如今的日子甜得流蜜,我和妻子合计一下,决定出国旅游一趟,辛辛苦苦几十年,也该风光风光了。可令我们犯愁的却是娇小的"莉莉"。

我们出国旅游十多天,没人照顾。请别误会,"莉莉"并非是我们的女儿,而是一只纯种的"松鼠狗"。它金黄色的绒毛,闪闪发亮,晚上还摇头摆尾地钻进我们的被窝里。

此刻,妻子抱着小"莉莉",抚摸着它的头说:"我们出国十多天,没人照顾它,准饿死。"小家伙好像也知道我们此刻正在做"重大决策"似的变得格外乖顺听话。

妻子抱着"莉莉"走来走去,苦思冥想,突然惊喜地来到我的身旁,说:"有办法!"

我一边听着一边点头:"这也是没有办法的办法。"

晚上,我们带上水果点心等东西,抱着小"莉莉"去探望母亲。

母亲独自一人住在河对面,由于我们工作忙,离得也算远,而母亲又习惯独居一处,因而我们一般都是"逢年过节",左拎一包,右提一盒,回家探望老人家,连邻居见了也赞誉有加,我则免不了有点飘然自喜:口碑不错!

回到家里,母亲正在看电视节目,我把东西放下,便直截了当地

和天使一起感动系列

向母亲说明来意："我们打算出国旅游十来天，这只小家伙就有劳您来照顾了。"

据说母亲小时候让狗咬过一次，从此以后就没养过狗。而这次为了出一趟国门，只好让老妈勉为其难了。

母亲听了十分爽快地说："行！这小东西就放在这里吧，保证一日三餐有肉吃！放心吧。"我们一边看电视，一边闲聊。老妈也一而再、再而三地提醒我们出外旅游时要注意安全，就好像小时候学校组织郊游的前夜一般，反复强调：药品、日常用具、御寒衣服都应带齐，尤其是必须把钱放好，放妥当！

突然间，母亲不说话了，双眼直勾勾地盯着电视画面。原来此刻正播放电视专题《古稀老人，携母万里游》，讲的是哈尔滨的一位七十多岁的老头儿，骑着三轮车携带百岁老母亲，从北到南，游遍祖国的大好河山。

母亲看着看着，长长地吁了一口气，嘴角微微地颤动着。此刻，我看着电视，心里真不是滋味：古稀老人尚能携母走南闯北看风景，而我们今天却为了图自个快乐，居然斗胆让母亲去照顾"宠物"。

相比之下，我顿时感到无地自容，为人之子，亏你想得出来！母亲用手背擦了擦眼角，慢悠悠地站了起来，从衣柜的角落里掏出一只淡红色的小布袋，走到我面前，从袋子里拿出一千块钱，递给我说："这钱是你们平时给我的，我没花，你们把它带上，路上用！"

此刻，我又能说什么呢？母亲这一千块钱，就像鞭子一般一下一下地抽着我。我有的只是自责。我用眼睛狠狠地瞪了妻子一下，只见妻子也羞愧地低下了头，抱起"莉莉"轻声地说："我们走吧。"

母亲说："太晚了，把小东西放下，你们回去吧。"

妻子并没有把小"莉莉"放下，而是内疚地说："妈，不用了，我们再想法子安顿它。"

母亲觉得有点迷惑不解，她一边说一边把钱"强行"塞进我的口袋里。我拉着母亲的手，说："妈，这只狗我们另外设法安置。把你的身份证拿给我。"

母亲从枕头底下拿出自己的身份证,问道:"你要身份证干吗?"拿起母亲的身份证一看,粗心的我这才留意到母亲今年已经七十五岁了,我心里一酸,嗓门有点哽涩:"妈,给你办护照,我们一起出国旅游!这钱我帮你保管,留着到了国外再花。"

"一起?我?一个老太太?"我坚定地点点头:"我们一起出国旅游!是我们三个人一起去!"这回轮到母亲半天说不出话来了,喃喃自语:"出国?出国旅游?"眼角流露出光彩……

用 心 经 营

赏析／文 捷

老母亲怕狗,但为了儿子儿媳能放心去旅游,还是爽快答应照顾它,并把平时自己舍不得花的钱给儿子用,母亲给的都是儿子最贴心的需要,相比之下,儿子却为了所谓的"口碑",忽略了亲情也同样需要用心去经营。

爱,可以使母亲克服所有的难题,因为母亲愿意为了儿子付出和改变,只要能让儿子过得好,她们毫不犹豫地为儿子提供所有需要的条件,她们对儿子的爱就像一条清澈透明的河,自然纯净,没有一丝杂质,而且只有源头,而没有尽头。

在母亲为我们的幸福经营的时候,不要忘记尽自己的一份力。

我们要用自己的双手给为我们操劳大半辈子的母亲自尊地生活！

跪下来，叫一声娘

●文/赵 欣

国庆节学校放假七天，热恋中的女友忽然提出来，要和我一起回一趟老家，见一见我的父母，我顿时变得惶恐不安。从踏上列车的那一刻起，我就下定决心，要告诉女友自己家庭的真实情况。看到头一次出远门的她是那样的意趣盎然，又不忍心扫了她的兴致。经过一夜颠簸，火车停靠在古城邯郸。我们又转乘汽车，坐了将近六个小时，才回到我的家乡——一个偏远的山区小城。

此时，灰头土脸的女友已经累极了，靠在我身上，勉强笑了笑，问："咱们到家了吧？"我不敢看她的眼睛，嗫嚅着："不，还要转车。"

女友很奇怪："你的父母不是在县委工作吗？"

"可是……可是……"

我的脸烫得厉害："他们都住在乡下。"

"那上下班多不方便呀！"单纯的女孩没有多想，又说："不过，这样也好，乡下空气新鲜，我还没去过乡下呢。"

我有些苦涩地叹了口气，拉着她，上了一辆开往乡下的破旧的公交车。车上已经坐了不少人，但迟迟没有开走的意思，在零乱肮脏的车站里很慢地兜圈儿。女友百无聊赖，不停地左顾右盼，忽然一个女人的声音引起了她的注意——"报纸杂志，谁看报纸杂志……"

"喂，有《当代青年》吗？"女友推开窗，向外喊。

"有！有！"

　　那个中年妇女急忙向这边跑。她满脸油汗，皮肤黑红，一身沾满灰尘的衣服已辨不出本来的颜色。

　　我立刻惊叫一声"啊……"

　　旋即弯下腰，用手遮住脸，躲在女友的背后。女友挑出一份《当代青年》，从车窗里递出钱，但中年妇女却不接，她脸上堆满了卑微的笑，说："五元一份。"

　　"可是，这本书的定价是四块五。"

　　"姑娘，我在车站里卖书，是要交管理费的。"中年妇女的嗓门很大，而且沙哑，这对于有着良好家教的女友来说，无疑是种不可忍受的噪音。她厌恶地嘟囔了一句"无商不奸"。

　　正要掏钱，两个穿制服的年轻人走了过来，嘴里骂骂咧咧地边往外推搡那个中年妇女边说："你这个月的管理费还没交呢，谁让你又来了？"

　　我稍稍抬起头，向外张望，只见中年妇女脸上的笑容更加卑微了，她不停地向那个和他儿子差不多大的年轻人鞠着躬，赔着不是，解释说："月底我一定把管理费补齐，您知道吗？我儿子在外面读大学，学费很高，最近又交了一个女朋友……说出来你们怕是不信，你们别看我臭婆子不怎么样，可我未来的儿媳妇却是大学校长的女儿哩！"

　　"就你这样子，还能有个上大学的儿子，还想娶大学校长的女儿当儿媳妇?！"

　　两个年轻人放肆地大声笑着，顺手推了中年妇女一把，她猝不及防，一下子跌倒了，头碰在水泥台阶上，顿时流出了鲜血。两个年轻人毫不在意，用嘲讽的目光看着在地上呻吟的中年妇女，甚至想把她拖出去，以免挡了别人的路。

　　"住手！"

　　我忽然站起来大吼了一声。我喊得那么响，车站里所有的人都吃了一惊，包括我的女友，他们都呆呆地望着我，傻了一般。

　　我跳下车，冲过去，推开两个年轻人，搀起那个中年妇女。我说：

"是的,她只是个乡下妇女,很穷。她没有钱,却有超出常人的自尊,她甚至连自己的名字都不会写,但她却培养出一个上了名牌大学的儿子……"

说到这里,我眼眶一热,猛地转过身,"扑通"一声跪在中年妇女面前喊了一声:"娘!"

卑微而伟大的母亲

赏析／婧　婧

小说着实让人感动,这位卑微而又伟大的母亲形象久久地占据我的脑海中,挥之不去。

母亲为了生计在他人面前一直是卑微地笑着,甚至在被人推倒、被人嘲笑训斥时,还鞠躬,连赔不是,满身油汗的形象与他堂堂大学生的形象多么格格不入!试问,哪个有自尊心的人能忍受?但母亲为了孩子却能去承受这种卑下,逆来顺受为的是培养儿子成才!

拿什么来报答你,我的母亲?上名牌大学的儿子当众给母亲跪下,是要让母亲久违的自尊的头抬起来。我想,这还不够,更重要的是不能再让母亲卑微地活着,我们要用自己的双手给为我们操劳大半辈子的母亲自尊地生活!

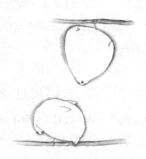

绿草依依

和天使一起成长

最早的凌晨
早不过早起的身影
最冷的夜晚
已无法冰冻温情的视线
谁立在黄昏的晚风中呼唤

再等十年、二十年,妈妈都一定会继续等下去!妈妈的爱永远不会关门上锁。

没有上锁的门

● 文/佚　名

　　乡下小村庄的偏僻小屋里住着一对母女,母亲深怕遭窃总是一到晚上便在门把上连锁三道锁,女儿则厌恶了像风景画般枯燥而一成不变的乡村生活,她向往都市,想去看看自己透过收音机所想像的那个华丽世界。某天清晨,女儿为了追求那虚幻的梦离开了母亲身边。她趁母亲睡觉时偷偷离家出走了。

　　"妈,你就当作没我这个女儿吧。"可惜这世界不如她想像的美丽动人,她在不知不觉中,走向堕落之途,深陷无法自拔的泥泞中,这时她才领悟到自己的过错。

　　"妈!"经过十年后,已经长大成人的女儿拖着受伤的心与狼狈的身躯,回到了故乡。

　　她回到家时已是深夜,微弱的灯光透过门缝渗透出来。她轻轻敲了敲门,却突然有种不祥的预感。女儿扭开门时把她吓了一跳。"好奇怪,母亲之前从来不曾忘记把门锁上的。"母亲瘦弱的身躯蜷曲在冰冷的地板上,以令人心疼的模样睡着了。

　　"妈……妈……"听到女儿的哭泣声,母亲睁开了眼睛,一语不发地搂住女儿疲惫的肩膀。在母亲怀里哭了很久之后,女儿突然好奇问道:"妈,今天你怎么没有锁门,有人闯进来怎么办?"

　　母亲回答说:"不只是今天而已,我怕你晚上突然回来进不了家门,所以十年来门从没锁过。"

母亲十年如一日，等待着女儿回来，女儿房间里的摆设一如当年。这天晚上,母女回复到十年前的样子,紧紧锁上房门睡着了。

母亲的心门永远不上锁

赏析／瞬 子

外面的世界很精彩,妈妈的怀抱是宁静的港湾;外面的世界很无奈,妈妈的怀抱依然是宁静的港湾。女儿离家出走十年,家门就十年来从未锁过,如果真的有凶悍的小偷闯进来,除了钱物会一洗而空之外,妈妈也极有可能会受到伤害。这位妈妈不怕吗？怕！但她更怕的是在外打滚多年疲惫不堪的女儿晚上突然回来进不了家门！

家门没有上锁,妈妈的心门也没有上锁,对于离家出走的女儿,她一直没有失去信心,妈妈的心一直默默地牵挂着她。苦等了十年女儿才归来。若十年不归,再等十年、二十年,妈妈都一定会继续等下去！妈妈的爱永远不会关门上锁。

> 母亲把自己的苦恼都偷偷地藏在身后，不让我们看见，无论心里多么难受，给我们的都是美好的笑容。

上帝创造母亲时

● 文/[美]爱玛·本贝克

仁慈的上帝一直在为创造母亲而加班工作着。在进入第六天时，天使来到主面前，提醒他说："您在这上面已经花费了许多不必要的时间啦。"

主对天使说："你看过有关这份订货的技术要求吗？她必须能够经受任何荡涤，但不是塑料制品；有一百八十个活动零件，可以任意更换；靠不加奶和糖的浓咖啡及残羹剩饭运行；具有站立起来就不会弯曲的膝部关节；拥有一种能够迅速医治创伤和疾病的亲吻，从骨折到失恋都能治愈；此外，她必须有六双手……"天使缓缓地摇了摇头说："六双手……这怎么可能？"

"令我感到困难的却不是这些手，"上帝回答说，"而是她所必须具有的那三双眼睛。"

"可是，"天使说，"订货单上没提出这个标准……"

"是的，可她需要。"主点了点头说，"她需要一双能透过紧闭的房门洞察一切的眼睛，然后她才可以胸有成竹地问：'孩子们，你们在里面干什么？'另一双眼睛将长在她的后脑勺上，用来专门看她不该看到而又必须了解的事情。当然，在前额下面她也有一双眼睛，当孩子们有了过失或麻烦时，这双眼睛能够看着他，而不必开口，就能够明确地表达出'我理解你并且爱你'的意思。"

"这太难了，"天使劝道，"主啊，您该歇歇了，明天……"

"不行！"主打断了天使的话，"我感到我正在创造一件十分接近我自己的造物。你看，眼前的这件母亲模型，已经能够在患病时自我痊愈……能够用一磅汉堡包满足一家六口人的胃口……能把一个九岁的男孩弄到喷头下淋浴……"

天使绕着母亲模型细细地看了一遍，不由得赞叹道："她太柔和了！"

"但很坚强！"上帝激动地说，"你根本想像不出她有多么能干，也根本想像不出她有多大的忍耐力！"

"她会思考吗？"

"当然！"主说，"她还会说理，商量，妥协……"

这时，天使用手摸了摸母亲模型的脸颊，忽然说道："这里有一个地方渗漏了。我早就说过，您赋予她的东西太多了，您不能忽略她的承受力嘛！"主上前去仔细看了看，然后用手指轻轻地蘸起了那滴闪闪发光的水珠。

"这不是渗漏，"主说，"这是一滴眼泪。"

"眼泪？"天使问，"那有什么用？"

"它能表示欢乐、悲哀、失望、怜爱、痛苦、孤独、自豪……"主说。

"您真行！"天使赞道。

主的脸上露出了忧郁。

"不，"他说，"我并没有赋予她这么多功能。"

"多功能"的母亲

赏析／可 可

上帝在造母亲时,是以自己为参照的,集合了几乎所有的功能,而本身需要甚少,做事却无所不能。小说表面是写上帝和天使关于造母亲时的对话,实际上是从另外一个角度向我们解读母爱。把母亲坚强、宽厚、慈爱、体贴、善解人意等完美特点一一列举出来。

母亲倾全力维持整个家,为我们创造出舒适的生活环境,为我们解决生活中遇到的所有麻烦,排解我们的苦恼,给我们信心和勇气,让我们看到希望。母亲把自己的苦恼都偷偷地藏在身后,不让我们看见,无论心里多么难受,给我们的都是美好的笑容。

如此多"功能"的母亲简直就是一个造物奇迹。

真实的谎言往往可以把人们抛入痛苦的深渊，而有时善意的谎言却能催生出这个世界上最美丽的花朵。

母亲一生中的八个谎言

● 文/傅亚丁

儿时，丁香家很穷，吃饭的时候，饭常常是不够吃的，母亲就把自己碗里的饭分给孩子们吃。母亲说，孩子们，快吃吧，我不饿！

——母亲的第一个谎言

丁香长身体的时候，勤劳的母亲常利用周末休息去郊县农村的河沟里捕捉些小鱼小虾来给孩子们补养。鱼很好吃，鱼汤也很鲜。孩子们吃鱼的时候，母亲却在一旁啃鱼骨头。丁香心疼母亲，就把自己碗里的鱼夹到母亲碗里。母亲一边用筷子把鱼夹回给女儿，一边说，我不爱吃鱼！

——母亲的第二个谎言

上初中了，为了给孩子们凑齐学费，当缝纫工的母亲就去居委会领了些火柴盒回来，晚上糊，挣点零钱补贴家用。丁香半夜醒来，看到母亲还躬着身子在油灯下糊火柴盒，就说："妈妈，睡了吧，明早您还要上班呢。"母亲笑笑说，孩子，你快睡吧，我不困！

——母亲的第三个谎言

中考那几天，母亲请了假天天站在考点门口为参加中考的丁香助阵。时逢盛夏，烈日当头，固执的母亲在烈日下一站就是几个小时。

考试终于结束了,母亲迎上去递上一杯用罐头瓶装好的绿豆汤。望着母亲一头的汗水,女儿将手中的罐头瓶递过去请母亲先喝。母亲说,孩子,快喝吧,我不渴!

——母亲的第四个谎言

父亲病逝多年,母亲又当爹又当娘,靠着自己在缝纫社里干活的微薄收入含辛茹苦地拉扯着几个孩子。胡同里修表的李叔叔知道母亲难,大事小事都过来打个帮手,搬搬煤,打打水……人非草木,孰能无情。左邻右舍看在眼里,都劝母亲再嫁,何必苦自己。然而多年来母亲为了我们却一直守身如玉,别人再劝,母亲都说,我不愿意!

——母亲的第五个谎言

丁香读到高一的时候因家庭困难,就同两个姐妹独自跑到沿海打工了。丁香出外打工不久,母亲因单位效益不好下岗了。下了岗的母亲就在附近农贸市场摆了个小摊维持生活。身在外地的丁香牵挂着母亲和尚在念书的弟妹,常常寄些钱回家,可母亲坚决不要,她说,我有钱!

——母亲的第六个谎言

丁香在外打工期间,用自己积攒的钱开了一家小餐馆,她经营有方,生意越做越好,生活条件也大为改善。条件好了,丁香想把年迈的母亲接来享享清福,却被母亲回绝了。母亲说,我不习惯!

——母亲的第七个谎言

晚年,母亲患了胃癌住院,等到丁香赶回家时,母亲已来日不多。母亲老了,望着被病魔折磨得万分痛苦的母亲,想着母亲这一辈子吃过的苦,丁香黯然泪下。母亲却说,孩子,别哭,我不疼!

——母亲的第八个谎言

在"谎言"中度过了一生的母亲,终于安详地闭上了双眼。

其实,在我们习以为常的生活中,真实的谎言往往可以把人们抛入痛苦的深渊,而有的时候,善意的谎言却能催生出这个世界上最美丽的花朵。

用爱心编织的谎言

赏析／小 易

从小母亲就教导我们要做诚实的孩子,不能说谎。虽然丁香的母亲一生说了很多的谎言,但这些谎言却是美丽善良,包含了一个母亲的浓浓爱意。

善意的谎言与真正的谎言的区别就在于心诚与否。善意的谎言是自己没有错出于爱,为了保护其他人。丁香的母亲被癌魔折磨,岂有不疼之理,说谎完全是为了不让女儿心疼,担心。

丁香的母亲在"谎言"中度过了一生,虽身患重病,仍处处为女儿着想,母爱再次让人感动。

在父母的眼中，只有孩子才是真正的奇迹。为了这份奇迹的产生，这些本来就平凡如树的父母，甚至愿意成为更平凡的尘土。

门　票

●文/乔　叶

北京太平洋海底世界位于玉渊潭公园西侧，在中央电视台的发射塔下面。门票的价格是：学生票和儿童票每张四十元，成人票每张六十元。这一天，我带着孩子来玩。

"成人票可以优惠些吗？"在排队买票的时候，不时听到有人这么问售票员。

"不可以。"窗口里是冷冰冰的声音。

于是，钱塞进去，票送出来。却只有一张，是给孩子的。

于是，孩子进去了。等待着的父母们在走廊上静静地坐成一排，没有人说话。仿佛在默默地举行什么仪式。

华丽的展厅里，一定是构造奇特的仿真设置。一个个硕大的水族箱里，自由自在地绽放着五彩缤纷的水中精灵。站在圆弧形的电动信道上，可以看到仙女一样的潜水小姐在娇艳的珊瑚丛中舞来舞去。有着别样温柔的白鲨一定在最底层，飘在它上面的是斑斓灿烂的壮观鱼群，在某一个角落里，还憩息着几只慈厚可爱的大海龟……映衬着这些美景的，是孩子们青春的笑脸和惊喜的神情。因为，——他们看到了梦一般的奇迹。

"妈妈，你不进去吗？"看到我只买了一张票，孩子仰起小脸问我。

我点点头。

"为什么？是钱不够吗？"

"妈妈想锻炼一下你独立观察的能力。"我说。

孩子进去了。我加入了静坐的行列。其实我的口袋里有足够买门票的钱，但是，此时此刻，我就是想和这些清贫的父母们坐在一起。我喜欢这样的感觉。我热爱这样的感觉。我绝不怀疑此刻我和他们的感觉的纯净度和统一性。因为，我深深地知道：在本质上，我和这些父母绝没有任何丝毫的不同。为了孩子的光华，我们都可以做最陈旧的幕布；为了孩子的渴望，我们都可以做最深情的隐忍；为了孩子的成长，我们都可以化作最长久的那份钙质；——如果将来，孩子的跳跃奔腾需要我们让出最广阔的空间，那么我们都可以把身体贴在墙上，紧紧的，紧紧的。

"妈妈，真好看！"孩子出来了。他喋喋不休地对我讲述着他所看到的奇迹。我和所有的父母一样，笑着，听着。

亲爱的孩子，你到底知道不知道呢？ 在父母的眼中，只有孩子才是真正的奇迹。为了这份奇迹的产生，这些本来就平凡如树的父母，甚至愿意成为更平凡的尘土。

这是崇高吗？ 而我只是觉得，这一切仅仅是出于一种幸福的本能。

一切为了孩子，为了孩子一切

赏析／承　琪

小说中有一句"为了孩子的光华，我们都可以做最陈旧的幕布"的深情告白，让人不由感叹：一切为了孩子，为了孩子一切，父母愿意付出包括生命的一切！对这样崇高的付出，母亲竟平静地说："一切仅仅是出于一种幸福的本能。"能为所爱的儿女们付出，是一种最大的幸福。这句话正是所有父母对最大幸福的诠释。作为孩子的我们，就好好地享受这种幸福吧！因为我们快乐，所以父母快乐！

> 我明白了及时对自己所爱的人说出"我爱你"是多么的重要,有时,他们真的不能再等了。

我爱你,妈妈

●文/佚 名

不久前,我决定和一个人出去约会,那是我寡居了十九年的母亲。工作的忙碌和三个子女的牵缠使我很少去看她。头天晚上我给她打了个电话,约她共进晚餐,然后去看电影。

母亲问我:"出什么事了?你还好吧?"母亲就是这样,如果我晚上给她打电话,或者临时约她出来,就会被她理解为要听到坏消息了。

我回答说:"我想如果能和你在一起呆一会儿,一定会开心,就我们两个。"她在电话那头想了想,然后说:"我很乐意去。"

周五下班以后,我开车去接她,我注意到她因为我们的约会而兴奋不已。她头发烫过了,穿着上一次庆祝结婚纪念日时穿的衣服,她的脸上带着微笑,整个人散发着天使般的光芒。

她一边上车一边对我说:"我跟我的朋友们说我要和儿子一起出去,她们都很高兴。她们已经迫不及待地要听听咱们的约会怎么样呢。"

我们去了一个不是很高级但气氛不错的餐厅,母亲挽着我的胳膊,那架势就好像自己是"第一夫人"。

坐下来以后,我给她读菜单。她的眼睛不太好用,只能看字体比较大的字。当我读到一半的时候,我抬头看见坐在我对面的母亲正目不转睛地看着我,唇边挂着一丝怀旧的笑容,她说:"你小时候是我给你读菜单的。"

我说:"现在轮到你放松放松了。"

用餐期间,我们的对话很愉快,我们没有说起什么特别的事,只是向对方描述一下自己最近的生活。我们越说越高兴,竟错过了看电影的时间。

送母亲回家的路上,她对我说:"我还要再和你出去一次,不过这次要让我来邀请你。"我答应了。

几天以后,母亲心脏病突发去世了,一切发生得太快,根本来不及做什么。

不久以后,我收到了曾经和母亲共进晚餐的那家餐馆寄来的一份支票复印件,信封里还附着一个字条,上面写道:"我提前付了餐费,我知道我一定不能再到那儿去了,但我还是订了两份餐,你一份,你妻子一份,你永远无法理解那天晚上对我意味着什么。我爱你。"

此时此刻我明白了及时对自己所爱的人说出"我爱你"是多么的重要,有时,他们真的不能再等了。

别让自己后悔

赏析/丁 丁

中华文化博大精深,其中一条是讲求含蓄而不外露。对于"我爱你"这种直白的话语,大部分的人都是羞于启齿的。

小说中儿子最后一句使我深深震撼了:"及时对自己所爱的人说出'我爱你'是多么的重要,有时,他们真的不能再等了。"相信他的母亲肯定是带着满足的微笑离开人世的。

赶快用自己的方式,让妈妈知道我们对她的爱吧,在自己享受母爱的同时,也把自己的爱传送给母亲!

企盼了五年的奇迹终于出现了，顾不得察看身体的伤情，我一下抱住儿子大哭起来，母子俩都流下了苦尽甘来的泪水……

母亲的偏方

● 文/肖保根

五年前的一天，正在讲台上教书育人的我，突然接到一个不幸的通知：远在清华求学的儿子突然瘫痪了！我们夫妇马上赶到北京的一所医院，大夫告诉我们，儿子患了一种罕见的疾病：胸部以下毫无知觉。按照现在的医疗水平，治愈的可能性几乎为零。

既然正规医院没有好的治疗办法，我就到民间四处寻找"偏方"，只要知道哪位瘫痪的患者治好了，不管多远，我都上门请教，索求"偏方"。

一次，我骑自行车到几十公里外的山村求偏方未果，在回家的路上已是晚上十一点多，当骑到一座大桥的时候，由于天黑看不清道路，一下骑到了路旁的沟里，摔了一个嘴啃泥，连日来的忧虑、伤心、劳累与失望，使我躺在地上号啕大哭，真想纵身跳进河里一下解脱。然而，想起儿子没有母亲的支撑，更是生存无望，我打消了轻生的念头，又面带微笑地回到了儿子的身旁。

微笑着照顾病人是一位医生给我的"偏方"。这位医生告诉我，他从医几十年，治愈病人无数，从中发现：只要护理者经常面带微笑，充满信心，病人的病就容易康复。此时，为了照顾儿子，我已离开了心爱的讲台提前退休；家中的一些积蓄也已经花费一空；儿子的情绪极度消沉；所有的努力也许最终只是徒劳……面对如此之多的无奈与窘迫，我有的只是终日以泪洗面，哪里还能笑得出来呢？然而，为了使儿子能重新站立起来,我一定要笑出来!我跑到麦当劳快餐店,向店员学习国际规范的"露八颗牙微笑法";每天对着镜子练,以保证自己每天以一个充满自信的母亲形象出现在儿子面前。事实证明:我的"微笑偏方"让儿子在精神上始终没有向病魔妥协,他总是充满自信、乐观。

我还自创了"暗示偏方"。今天告诉儿子:"你的脚拇指刚才动了一下。"明天又鼓励儿子:"你今天脸上的气色好多了。"再就是把当今治疗瘫痪的医学信息以最快时间告诉儿子,以提高儿子战胜病魔的勇气。

为了转移儿子的注意力,我运用了"事业偏方"引导儿子面向学习,从学习中汲取生存的勇气。在护理的空隙,我就会拿起笔来,把自己几十年的教学经验总结出来,形成文字,向杂志投稿;当文字成为铅字时,我就会让儿子与我一起分享这成功的喜悦。这招还真管用,在病情稳定时,儿子主动要求重返校园,校方答应了我们的这个请求。于是,在清华校园,一位母亲推着轮椅的特写镜头便成为一个聚焦的亮点,儿子带病求学的事迹也成了学校德育教育的好教材。

两年后,儿子顺利地研究生毕业,又准备考博;这时,儿子的健康状况有了好转,胸部以下也慢慢地有了一点知觉。我信心百倍地带着儿子回到了家乡,一边复习考博、一边康复治疗。这样又过了几年。一天,我推着儿子到新华书店买书,突然,一辆失控卡车向我们冲来,在这千钧一发之际,儿子竟从轮椅上站了起来,拉着我向旁边躲避,我俩一下子跌倒在马路边。企盼了五年的奇迹终于出现了,顾不得察看身体的伤情,我一下抱住儿子大哭起来,母子俩都流下了苦尽甘来的泪水……

偏方治绝症,母爱创奇迹;母爱无所不在,母爱无所不能。

创造奇迹的爱

赏析／凌晓晓

遇上了绝症,在很多人看来,就是预告了死神即将一步一步向自己走来。悲观的人会觉得所有一切都是灰白的,所有的一切将不再有意义。

但是,对于母亲而言,只要还有一点生命火星,她们都会为孩子燃起火焰。小说中的母亲的伟大之处就在于:她锲而不舍地鼓励自己身患高位瘫痪的儿子,唤醒了儿子心中沉睡的自信和乐观,终于以顽强的精神战胜了病魔,再次站起来!

如果没有母亲"偏方",或许儿子要再迟一些才能站起来,或许一辈子不能再站立。是母爱,使得枯木逢春,铁树开花!

做真正的英雄的母亲会受到尊重，做一个真实
坦荡的母亲更会受到尊重。

爱的另一种方式

●文/佚 名

　　一个可爱的孩子走了,他是溺水死的。他出门的时候,对正在烧
中饭的母亲说,他要到同学家复习功课。谁知他走出门后,就永远回
不来了。

　　那天,他和同学做完了功课,没有回家吃饭,而是在河边玩耍,却
不知为何掉入了河中。等到有人发现,他们已在河里躺了很久了。

　　孩子的母亲在河边哭天抢地,但一切都晚了。孩子被打捞上来,
人们发现他紧紧地抓着同学的手。他的父亲用了很大的劲也无法将
他们分开。记者来了,注意到了这个细节,就判定孩子是救同学才死
的,因为他拉着同学的手。

　　这是一件十分感人的事,报纸第二天就刊出了这则新闻。在很短
的时间内,全县的人都知道了这个可敬的小男孩的名字。不久,学校
授予他"优秀少先队员"的称号。许多人自发地到男孩的家中慰问。他
们送去了自己的心意。还有那位同学的父母,更是在男孩的父母面前
痛哭,他们说自己的孩子对不起男孩,更对不起他的父母。同样是父
母,他们除了承受丧子之痛,还要承受良心上的不安。

　　这一切,对于男孩的母亲来说,是一种安慰。但是,她却时刻在怀
疑,她认为孩子不会去救人,因为,孩子从小就很怕水,也不会游泳。
他不会冒险跳入河中救同学。她想知道孩子是如何死的。带着疑问,
她一次次走访河边的住户,询问是否有人目击,终于有人告诉她,有

和天使一起成长
感动系列

一个采桑的妇女可能知道。

她找到了那个妇女,妇女回忆说,那天她在摘桑葚,河边有一株野桑树上结满了果实,我看到一个孩子欠身摘河面上的桑葚,另一个孩子用手拉着他。过了一会儿,她发现两个孩子不见了,她以为他们离去了。

男孩的母亲在河边找到了那株桑树,果然桑树上结满了果实,树干上,有一个十分明显的断枝痕迹。

男孩的母亲什么都明白了:她的孩子并没有在水中救同学,而是一起掉下去的。她先到男孩同学家里,向他的父母说明真相,然后到报社说他们的报道错了。这种做法遇到了各种阻力,包括她的亲属。

但是,她固执地一次又一次地往报社和学校跑,请求公布孩子溺水的真相。她说,她不想让孩子在九泉之下有愧。

她的努力终于实现了,有关部门对此进行了更正。

现在,全县的人都知道这样一位可敬的母亲,她用自己的方式,用一颗晶莹剔透的心灵告诉我们怎样去爱孩子,即使他们永远不再回来。

事实真相比荣誉更重要

赏析／小　鱼

《爱的另一种方式》让我对那位勇敢的母亲肃然起敬！

平时父母经常教导我们做任何事情都要诚实，都要做到无愧于心。这位母亲也不例外,她也教导孩子事实真相比荣誉更重要,即使她的孩子已经在九泉之下长眠了。

儿子溺水被认为是救同学而死的,但经过母亲的怀疑,走访,事实的真相终于浮出了水面：儿子并非救人而死。如果母亲不公开真相,儿子依然是个受人尊重的英雄,而母亲毅然选择了公开真相,因为事实真相比虚有的荣誉更重要。

俗话说:"君子坦荡荡"。这样,死去的孩子可以坦然,母亲亦能坦然了。做真正的英雄的母亲会受到尊重,做一个真实坦荡的母亲更会受到尊重。

和天使一起成长

感动系列

母亲所做的一切都是为了让儿女快乐成长，而自己的喜好都服从于儿女的喜乐。

生 日 礼 物

●文/[美]马维斯·伯顿·弗格逊

我的儿子上一年级了，一个星期后，他就带回家一条新闻：他在游戏场上跟班上惟一的黑人孩子罗杰在一块玩，我忍住气，不动声色地说："好呀。要过多久才会有别的孩子跟他一块玩呢？"

"噢，我要永远跟他一块玩下去。"比尔回答。

又过了一个星期，我得知比尔要罗杰与他同桌。

除非你像我一样，也生长在一个白人至上的国家里，否则你不会明白这将意味着什么。

一天，我去找比尔的班主任老师，她用疲倦而略带嘲弄的眼光迎接我。

"噢，我猜您也是想为您的孩子找个新同桌吧。"她说，"您能稍等一会儿吗？我正要接待另一个孩子的母亲。"

我抬头看见一位年龄与我相仿的妇女。当我认出她就是罗杰的母亲时，我的心跳猛然加快了。她矜持沉静，端庄稳重，但仍然掩饰不住她向班主任老师问话中透出的不安："罗杰表现怎么样？我想他跟别的孩子还处得来吧？如果不是这样，请您照直告诉我。"

她犹疑了一下，又接着问老师："他给您添什么麻烦了吗？我是说，因为他老是调换座位。"

我可以感觉到她内心可怕的紧张，因为她明白问题的答案。我真佩服这位老师，只听她语言温和地回答："不啊，罗杰没给我添麻烦。

在开头几周里我要把所有孩子的座位都调换一遍，好让他们每个人都有个正好合适的同桌。"

我作了自我介绍，并且说我的儿子将是罗杰的新同桌，我希望他们俩要好。即便是在当时，我也知道这不过是几句表面的应酬话，并不是内心深处的愿望。但我可以看出，这话给她帮了忙。

罗杰两次邀请比尔到他家去，我都找借口回绝了。后来就发生了那件使我永远负疚的事情。

我生日那天，比尔放学回家，带回一只脏兮兮的折成方块形的纸盒。打开一看，里面有三朵花，一张用蜡笔写着"生日快乐"的卡片和一枚镍币。

"这是罗杰送的。"比尔说，"这是他的牛奶钱，我说今天您过生日，他非叫我把这带给您不可。他说您是他的朋友。因为全班就您一位妈妈没有强迫他与调换一个同桌。"

母亲的宽容

赏析／华　山

在种族歧视严重的国度，儿子同黑人同桌，这是母亲所不愿意看到的，但母亲容忍了。

母亲的宽容，更是因为儿子比尔和罗杰玩得高兴，合得来。母亲才会压下心中的种族歧视，接受已成的事实，每一位母亲都有一颗善良的心。

母亲所做的一切都是为了让儿女快乐成长，而自己的喜好都服从于儿女的喜乐。那就是母爱，它最无私、最洁净，可以容纳下无数的东西。

所有的母爱，表达起来都这样简单，它没有做作，没有张扬，有的只是极其普通却又撼人心魄的细节！

生命的跪拜

● 文/佚 名

　　一屠户从集市上买来一头牛，这头牛体格健壮，肚大腰圆，屠户欢喜地把牛牵回家，提刀近前准备开宰。这时，牛的眼睛里已是满含泪水，屠户知道，牛是通人性的，它已经预感到自己的命运了，但屠户还是举起刀子。

　　突然，牛两条前腿"扑通"跪下，泪如雨下。屠户从事屠宰业已十多年，倒在他刀下的牛不计其数，在临死前掉泪的牛他也见得多了，但牛下跪还是头一次见到。屠户来不及多想就手起刀落，鲜红的血顿时从牛的脖子里汩汩流出，然后，将牛剥皮开膛。当打开牛的腹腔时，屠户一下子惊呆了，手中的刀子"咣当"落地。

　　——在牛的子宫里，静静地躺着一只刚长成形的牛犊。屠户这才知道，牛为什么双腿下跪，它是在为自己的孩子苦苦哀求啊！屠户沉思良久，破例没有把牛拉到集市上去卖，而是把母牛和那个还未出生的牛犊，掩埋在旷野之上。

　　这个故事深深地震撼人们，还有什么语言能够代替那神圣的一跪呢？所有的母爱，其实表达起来都是这样简单，它没有做作，没有张扬，有的只是极其普通却又撼人心魄的细节！

母性通万物

赏析／铁 雨

牛不仅通人性,牛还有母性,为了争取孩子出生的权利而跪拜,牛泪如雨。

牛的跪拜是沉甸甸的,为自己宁死不跪,为子女却跪了,这是牛的母性。所有动物的母性都是相通的:为子女可承受所有。

世上动物千差万别,但有一个相同之处,那就是都有母性,所有动物的血液中都荡漾着浓得化不开的母爱。

我们的母亲也在为我们跪拜,只是默默用我们看不见的青春,为我们处理日常生活的琐琐碎碎。

和天使一起成长

感动系列

母亲都是儿女的守护女神，在危难的时刻，母亲总会爆发出令人难以置信的力量，守护她们心中最爱的小天使。

母爱震天

●文/廖首怡

在土耳其旅途中，巴士行经一九九九年大地震的地方，导游说了一个感人的故事。故事发生在地震后第二天……

地震后，许多房子都倒塌了，各国来的救难人员不断搜寻着可能的生还者。两天后，他们在缝隙中看到一幕难以置信的画面———一位母亲，用手撑地，背上顶着不知有多重的石块，一看到救难人员便拼命哭喊着："快点救我的女儿，我已经撑了两天，我快撑不下去了……"她七岁的小女儿，就躺在她用手撑起的安全空间里。

救难人员大惊，卖力地搬移在上面、周围的石块，希望尽快解救这对母女，但是石块那么多、那么重，怎么也无法快速到达她们身边。媒体拍下画面，救难人员一边哭、一边挖，辛苦的母亲一面苦撑等待着……

救援行动从白天进行到深夜，终于，一名高大的救难人员够着了小女孩，将她拉出来，但是，她已气绝多时，母亲急切地问："我的女儿还活着吗？"

认为女儿还活着，是她苦撑两天的惟一理由和希望。

这名救难人员终于受不了，放声大哭："对，她还活着，我们现在要把她送到医院急救，然后也要把你送过去！"他知道，如果母亲听到女儿已死去，必定失去求生意念，松手让土石压死自己，所以骗了她。

母亲疲惫地笑了，随后，她也被救出送到医院，她的双手一度僵直无法弯曲。

隔天，土耳其报纸头条是一幅她用手撑地的照片，标题为"这就是母爱"。

长得壮硕的导游说："我是个不轻易动感情的人，但是看到这则报道，我哭了。以后每次带团经过这儿，我都会讲这个故事。"

其实不只他哭了，在车上的我们，也哭了。

废墟中的女神

赏析／梁历阳

地震，摧毁了一切。母亲没吃没喝顶着不知道多重的石块两天，超越了人体负荷的极限，这需要多么惊人的意志。

这是一个奇迹，表面上是那位母亲缔造的，但真正的缔造者应是母亲身下的女儿。没有身下的女儿，我想那位母亲可能一秒钟都扛不住那样的重压。

不管如何，我们在废墟中发现了女神，一位为女儿永远挺立的女神，而这位女神的别名就叫做母亲。

母亲都是儿女的守护女神，在危难的时刻，母亲总会爆发出令人难以置信的力量，守护她们心中最爱的小天使。有母亲，我们就有一片永远晴朗而安宁的天空，那里我们可以尽情地欢笑。

和天使一起感动系列

就在这一次，他学习到"捐"的意义，以及别人所不能"捐"到的，自己独一无二的价值。

抬起头来做人

● 文／梁文福

那一年，那个小男孩，不过八九岁。一天，他拿着一张筹款卡回家，很认真地对妈妈说："学校要筹款，每个学生都要鼓励别人捐款。"

对小孩子来说，直接想到的"人"，就是自己的家长。

小男孩的妈妈取出五块钱，交给他，然后在筹款卡上签名。小男孩静静地看着妈妈签名，想说什么，却没开口。妈妈注意到了，问他："怎么了？"

小男孩低着头说："昨天，同学们把筹款卡交给老师时，捐的都是一百块，五十块。"

小男孩就读的是当地著名的"贵族学校"，校门外，每天都有小轿车等候放学的学生。小男孩的班级是排在全年级最前面的。班上的同学，不是家里捐款较多，就是成绩较好。当然，小男孩不属于前者。

那一天小男孩说，不是想和同学比多，也不是自卑。他一向都认真对待老师交代的功课，这一次，也想把自己的"功课"做好，况且，学校还举行班级筹款比赛，他的班已领先了，他不想拖累整班。

妈妈把小男孩的头托起来说："不要低头，要知道，你同学的家庭背景，非富则贵。我们必须量力而为，我们所捐的五块钱，其实比他们的五百块钱还要多。你是学生，只要以自己的品学，尽力为校争光，就是对学校最好的贡献了。"

第二天，小男孩抬起头，从座位走出去，把筹款卡交给老师。当老师在班上宣读每位同学的筹款成绩时,小男孩还是抬起头来。自此以后,小男孩在达官贵人、富贾豪绅的面前,一直抬起头来做人。

妈妈说的那一番话,深深地刻在小男孩心里。那是生平第一次,他面临由金钱来估量人的"成绩"的无言教育。非常幸运,就在这一次,他学习到"捐"的意义,以及别人所不能"捐"到的,自己独一无二的价值。

母亲——良师益友

赏析/草上飞

儿子在捐钱的问题上,心中出现了障碍,经过母亲的尽心讲解,儿子终于重新认识了捐钱的内涵,在人生的理解上也更进了一步。

我们都还年幼,人生的很多东西都不能正确地理解。这时母亲就是我们的良师益友,母亲丰富的人生阅历帮我们解决各种成长中的难题。

　　不畏艰辛，也许有很多人能做到，但牺牲自己的下辈子这样的代价，只有母亲才能付出。

药

●文/陈永林

　　母亲上路时，火球样的日头正悬在头顶上，母亲把白晃晃的日头踏得吱吱嚓嚓响。日头洒在母亲的脸上，母亲感到脸上像被人打了几个耳光，热辣辣的痛。

　　母亲是去四十里外的"娘娘庙"为大哥大嫂求子。大哥大嫂结婚已三年，可大嫂的肚皮仍木板样平。母亲也问过大哥："你们咋还不生一个？"

　　大哥一脸的尴尬。

　　母亲以为大哥有问题。

　　急着抱孙子的母亲再也熬不住，不顾酷热上路了。

　　天黑时，母亲才到了"娘娘庙"。母亲顾不上休息，忙着给"娘娘"烧纸烧香，并跪下朝"娘娘"磕了三个头。

　　一个五十岁上下的妇人傍在"娘娘"旁边念念有词，嘴里叽里咕噜地说些谁也听不懂的话。

　　母亲站起来时，那妇人说："妹妹求孙子的心若诚，得送给'娘娘'一件礼物。"

　　母亲一脸惶恐，她没想到得给"娘娘"送什么礼物，母亲窘得手脚都无处放。母亲说："我没带什么礼物。"

　　妇人说："'娘娘'看中了你身上的一件东西。"

　　母亲说："只要'娘娘'看中的东西，我当然给。"

"你耳朵上的耳环。"

母亲不作声了，要知道这副金耳环是母亲在一九六一年花一箩谷换来的。父亲知道后把母亲狠狠揍了一顿，揍得母亲身上青一块紫一块的没块好肉。母亲说："你打吧，只要别把我打死就行。"母亲后来餐餐喝稀得能当镜子照的粥，父亲要母亲吃饭，母亲就不吃。我们家乡有种风俗，一个女人去世后，嘴里必须含金，下辈子才能过上穿金戴银吃香喝辣的好日子。所以在贫困的家庭，积攒块小小的金子成了女人一生的主要内容。

妇人见母亲极不愿意，就说："你不愿意就算了，'娘娘'从不为难人家。"

母亲就取耳朵上的耳环，母亲取耳环的手颤抖个不停。取了好久，母亲才取下耳环。母亲把耳环紧紧攥在手心里，许久，母亲才把耳环放进捐赠箱内。那时，母亲的泪水掉下来了。母亲眼前的东西旋转个不停，耳畔也嗡嗡地响，像有千万只蜜蜂在耳边叫。母亲的腿一软，瘫在地上了。

母亲在第二天晚上才到家的。

母亲顾不上疲劳，拿上"娘娘"送的两包药去了镇上大哥的家。

母亲到大哥家，大哥大嫂已经睡下了。

大哥见了母亲，一脸的惊诧："妈，这么晚，你咋来了?家里出了什么事?"

母亲说："我去了一趟'娘娘庙'，'娘娘'给了我两包药，我这就给你炖药，我要看着你们喝下去。"

母亲在厨房忙乎起来。

大哥对母亲说："妈，你怎么这样迷信。唉——"大哥有难言之隐。大哥同大嫂一结婚，就发现两人合不来，两人总有吵不完的架，两人都觉得累，正准备离婚。

屋里很快弥漫着一股中药味。

母亲端了两碗药，对大哥大嫂说："你们喝。"大哥大嫂都不肯喝，母亲心里难过。母亲说："为了这两包药，我来回走了一百里山路，脚板都磨出血了,还晕倒了两次,而且,而且我的金耳环也捐给了'娘娘'"——母亲已泣不成声了。

大哥啥话也说不出来,端起碗,咕咚咕咚,一大碗药,大哥一口气喝完了。

一脸泪水的大嫂也端起碗。

一年后,大嫂生了个儿子。

母亲笑得合不拢嘴,连声说:"'娘娘庙'里的'娘娘'真灵。我那对金耳环花得值。"

大哥大嫂相互对视,两人一脸幸福的笑。

后来,大嫂送了一副金耳环给母亲,那副金耳环比母亲原来戴的金耳环要重许多。

母亲笑着说:"那我下辈子不知道要过上啥样的好日子。"

纯朴的母爱

赏析／甄　言

母亲为了儿媳能够早日生育,到百里外的"娘娘庙"求药。得药的代价是脚板出血,晕倒两次,甚至把自己下辈子的好日子都搭上。

不畏艰辛,也许有很多人能做到,但牺牲自己的下辈子这样的代价,只有母亲才能付出。

我们的母亲也许不精明,正如文中的母亲一般,连儿子不生育的真正原因都不清楚,就千辛万苦地去为他们求药。也正是这种不问是非,终使哥嫂回到了幸福的轨道,母亲忘我的付出终于得到了回报。

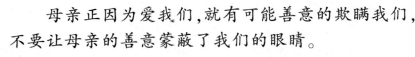

母亲正因为爱我们，就有可能善意的欺瞒我们，不要让母亲的善意蒙蔽了我们的眼睛。

母亲有颗亮堂的心

● 文／佚 名

　　魏大明当上乡长都两个多月了，也没腾出点时间回家看望一下娘。这天早晨，魏大明对着镜子看到自己满眼的血丝，猛地想起了娘的眼睛。大明的爹去世早，娘为了供他上大学，没日没夜地编竹篓卖，硬是把眼睛给熬坏了，看什么都模模糊糊的。大明上任时说等工作理出个头绪来，早早给娘看医生，谁知一晃两个月过去了，还没给娘看呢！

　　今天是个星期天，事情少，魏大明交代了一下工作，买一张车票回了家，非要领娘到医院看医生。

　　娘不肯去，说："儿子你安心忙你的吧，娘这是老花眼，不用大惊小怪的，你可千万别因为娘把正经事给耽误了，再说娘的眼睛比以前好多了，现在我还能纫上针呢！"说着，娘拉过炕头上的针线笸箩，拿出针线，对着窗户穿了六七下，回手一抽，真的纫上了！

　　魏大明有点不相信自己的眼睛，高兴地说："娘！儿没想到您的眼睛恢复得这么快！"娘笑着说："要不我怎么说你来着，娘的病娘知道，只要不熬夜，越养越亮堂。"

　　听了娘的话，魏大明压在心头的一块大石头落了地。回乡后，他一心扑在工作上，为了帮助农民尽快脱贫致富奔小康，他简直就像个抽足了劲的陀螺，天天忙个不停。有时候干脆吃在田间地头，睡在农民家里。这一晃，又是半年过去了，除了打过几个电话回家，魏大明还是没回去一次。

这一天,魏大明去县里开会,回来正好路过家门口,天也快晌了,魏大明就下了车,打算看望看望娘,吃了晌饭再回去。

进了家,魏大明见娘蹲在灶间烧饭,锅早就烧开了,腾腾的热气罩了一屋。魏大明看在眼里,心里酸溜溜的,内疚地说:"娘,儿这么长时间没来看您,您上炕吧,今天让儿做顿饭给您吃!"

娘见儿子回来了,高兴地说:"行了行了,饭快热好了,你先歇歇洗把脸,一会儿咱就吃。"

魏大明扶着娘进了里屋,一眼看见桌上的老座钟时间走的不对,都快十二点了,座钟才跑到十点。魏大明问:"娘,座钟是不是坏了?"

娘说:"没有啊,今儿早晨我才上了弦呢!这不快十二点了吗?"

"十二……"魏大明一下子张大了嘴巴,定定地看着娘的眼睛,"娘,您的眼睛……"

娘说:"娘的眼睛比以前更好啦,娘现在两下就能纫上针了,不信你看……"说着又拉过来炕头上的笸箩。

魏大明一手按住笸箩,一手在娘眼前晃了晃,娘一点反应都没有。

魏大明的头轰地一下涨得老大,眼泪夺眶而出:"娘……为什么要骗儿子啊?您的眼睛什么都看不见了!娘!"

老半天,娘摸索着擦去魏大明的泪水,说:"儿子你别哭,娘不怪你,娘真的不怪你……娘问过医生,医生说要治好这病,少说也得三四万,咱家条件不宽裕,娘知道你是孝子,怕你为了凑钱不走正路……儿子,娘眼睛虽然瞎了,可只要你好好工作,不给娘脸上抹黑,娘心里就老觉着亮堂!……"

"娘!"魏大明两腿一屈,扑通跪在娘膝下……

母亲的谎言

赏析／江　南

　　母亲的眼病本是能治好的,但伟大的母亲处处为儿子着想,硬是隐瞒了病情,最后全瞎。

　　母亲的欺骗对儿子来说是一种细微的体贴,但这种体贴对自己却是残忍的,因为母亲为此终其一生都要生活在黑暗中,这样的代价只是为了防止儿子走歪路。母亲的爱深到有点杞人忧天了。

　　母亲都很爱我们,正因为爱我们,就有可能善意的欺瞒我们,不要让母亲的善意蒙蔽了我们的眼睛,那我们就要像母亲关注我们一般关注她们。

父母要的真的很简单:多看看,多陪陪他们。

花

●文/〔美〕诚若谷

　　他在为工作埋头忙碌过冬季之后,终于获得了两个礼拜的休假。他老早就计划好要利用这个机会到一个风景秀丽的观光胜地去,泡泡音乐厅,交些朋友,喝些好酒,随心所欲地休憩一番。

　　临行前一天下班回家,他十分兴奋地整理行装,把大箱子放进轿车的车厢里。第二天早晨出发前,他打电话给他母亲,告诉她去度假的主意。母亲说:

　　"你会不会顺路经过我这里,我想看看你,和你聊聊天,我们很久没有团聚了。"

　　"妈妈,我也想去看你,可是我忙着赶路,因为同人家已约好了见面时间的。"他说。

　　当他开车正要上高速公路时,忽然记起今天是母亲的生日。于是他绕回一段路,停在一个花店门口,打算买些鲜花,叫花店给母亲送去。他知道母亲喜欢鲜花。

　　店里有个小男孩,正挑好一把玫瑰在付钱。小男孩面有愁容,因为他发现所带的钱不够,少了十元钱。

　　他问小男孩:"这些花是做什么用的?"

　　小男孩说:"送给我妈妈,今天是她的生日。"

　　他拿出钞票为小男孩凑足了花钱。小男孩很快乐地说:"谢谢你,先生。我妈妈会感激你的慷慨。"

他说："没关系,今天也是我妈妈的生日。"

小男孩满脸微笑地抱着花转身走了。

他选好一束玫瑰、一束康乃馨和一束黄菊花。付了钱,给花店老板写下母亲的地址,然后发动车,继续上路。

仅开出一小段,转过一个小山坡时,他看见刚才碰到的那个小男孩跪在一个小墓碑前,把玫瑰花摊放在碑上。小男孩也看见他,挥手说:

"先生,我妈妈喜欢我给她的花。谢谢你,先生。"

他将车开回花店,找到老板,问道:"那几束花是不是已经送走了?"

老板摇头说:"还没有。"

"不必麻烦你了,"他说,"我自己去送。"

简单愿望

赏析／桔子香

文中的他休假想放松一下,正巧碰到母亲的生日,想到给母亲送花,却没有想到抽出一点点时间来陪一下母亲。直到看见小男孩为亡母献花,才深受触动。

母亲对儿女的希望其实很简单,只要能经常看到儿女就是最大的满足。这种愿望很简单,但我们不一定能满足,只因我们常常会忘了母亲真正想要什么。

有"常回家看看"这样一首流行歌,它道出了所有父母的心声。父母要的真的很简单:多看看,多陪陪他们。

爱会让母亲受到蒙蔽，必要时提醒一下我们的母亲，我们不要溺爱，我们只要健康的疼爱。

爱　子

●文/洁　玉

一阵清脆的铃声响起，性急的旅客便朝车门涌去。爱华用力拽着哭闹不停的兵兵。可兵兵却跪在地上耍赖："不走，就不走！谁让你不给我买小火车。"看着旅客们一个个争先恐后地上了车。急得爱华流出泪来："小祖宗，你给我起来！"

突然一双手把兵兵从地上抱起来。爱华抬起头看见一位四十来岁的中年妇女，感激地看一眼救"火"之人，便提起包急匆匆跟着她一起上了火车。

车上人不算太多。爱华找到座号，请中年妇女坐进靠窗的座位，自己在她身边坐下来，这才看见中年妇女的蓝色羽绒服被兵兵踹了许多泥。她难为情地向中年妇女说道："你看，把你的衣服弄脏了。"说着朝站着的兵兵扭过头来，"过来，谢谢阿姨。"

兵兵噘着小嘴未动。

"这孩子，真没法。"爱华无可奈何地看着中年妇女苦笑。

"不谢。"中年妇女微笑着看看兵兵，眼中流露出慈祥的母爱，问："小朋友，你几岁了？"

"不用你管！"兵兵又搬出家里的那套。

"兵兵，不许这样对阿姨说话！"

"不用你管！不用你管！"兵兵瞪着眼跺着脚嚷道。

乘客的目光纷纷投向爱华。爱华脸上表情由白涨红。她举起手来,可看到兵兵嫩白的小脸,巴掌又放下来。快过年了,打孩子,这大冷的天,要哭个不停,感冒上火怎么办? 她想着,从网兜里掏出桔子:"好乖乖,别闹了,吃个桔子吧。"

"不要!"兵兵伸手打掉妈妈递过来的桔子。

"好,下了火车妈给你买。"

"还要小飞机,小机枪。"

"行,给兵兵买小火车、机枪、飞机。"她终于把哭闹不休的兵兵哄住了。

"同志,对孩子不能任他的性子来。你那不是爱孩子呀! "

这人连一点母爱也不懂。你能忍心让孩子一直哭闹吗?爱华心中很不高兴。当她不满的目光与中年妇女严肃的目光相碰时,不禁想起刚才上火车时的情景,便改变了话题。

"大姐,你上保定出差? "

"不,我也是去看孩子。"中年妇女目光移向窗外。

"你孩子多大了? "

"十九。"

"大姐,你可熬出头了。你孩子是上大学还是当兵? "爱华羡慕地往中年妇女跟前凑。

中年妇女依然看着窗外, 许久才转过身抚摸着兵兵的头:"都不是,他在监狱……"

爱的误区

赏析／肖　远

　　两位母亲对"兵兵"的方式迥然不同，爱华对他千依百顺，中年妇女则是略带强迫，这是两种母爱的方式，前者是柔如春风，后者则是饱经风霜后的成熟。

　　母亲都爱自己的儿女是不容置疑的，但在表达的方式上却会不同。现在多是独生子女，母亲对儿女的爱，很容易一味迁就，成为一种溺爱，从而不知不觉中对儿女的成长造成极大的危害。

　　我们也许正被母亲溺爱着，我们自己应该清醒的判断。因为爱会让母亲受到蒙蔽，必要时提醒一下我们的母亲，我们不要溺爱，我们只要健康的疼爱。

青青子衿

和天使一起成长

你默默注视
我们的狼吞虎咽
这一刻你总是那么开心
你总能记住我们的生日
却早已忘了
自己斑白的年轮

为了让别人看不出来，母亲又别出心裁地把另一排纽扣也斜钉着，自然就成了倒八字形。

母亲的纽扣

● 文/一 冰

他还记得，那年他过十二岁生日时还在上学，老师自然没有理由为他放假。一大早，母亲就把他从被窝里拽出来，他躲闪着母亲冰凉的手，还想再赖一会儿床，就听母亲说："你看这是什么？"

他睁开眼睛，面前是一件新衣服，正是他梦寐以求的那种军装式样，双排铜纽扣，肩上有三道蓝杠，这是在同学们中正"流行"的。他一下子兴奋起来，三下两下穿上衣服，连长寿面都吃得慌慌张张——他要去学校里跟同学们炫耀一下，他也有一件自己的新衣服了，而且是最"时髦"的！要知道，从小到大，他都是穿哥哥的旧衣服，补丁摞补丁呀。

果然如他所料，当他一走进教室，同学们的眼光都瞪直了，他们都没想到，一向灰头土脸的他也有这么光彩夺目的时候。

他在自己的座位上心情愉快地上完第一节课，课间时分，同学们都围拢在他的周围，翻看他的新衣服。有个同学忽然问："咦，你的纽扣怎么跟我们的不一样呢？"他这才认真看起了自己的纽扣，还真的不一样，别人的纽扣是双排平直的，而他的纽扣却是斜的，两排成倒八字形。

同学们翻看他的衣服，忽然都笑了起来，原来他的白衣服被纽扣扣住的地方，是一块黄色的旧布。他也明白了，一定是母亲买的一块布头，布头不够做衣服，只好在里面衬上一块别的布，为了怕别人看出来,纽扣只好歪到了一边;而为了让别人看不出来,母亲又别出心裁地把另一排纽扣也斜钉着,自然就成了倒八字形。

知道了真相,同学们"轰"地一下全笑了,眼里又恢复了往日讥诮的神色。那些目光激起了他心里的一片怒火。中午回到家,当着来客的面,他剪碎了自己的新衣服。母亲冲到他面前,高高扬起的手,终于没能落下来,他瞥到母亲的泪水在眼眶里打着转,转头跑了……

他分明感觉到,从那天起,母亲像是变了个人似的。父母做的是磨豆腐的生意,母亲平时都很少闲过,那以后就更是连喘口气的时间都不给自己留。他眼看着母亲消瘦下去,眼看着母亲倒下去……他很想对母亲说一句"对不起",可再也没机会说了。

但他继承了母亲的傲骨和勤奋,他努力地学习,使自己的生活发生了翻天覆地的变化,他拥有了很多很多的钱,把母亲的坟墓修葺了一遍又一遍。

有一天,他参加了一个服装展示会,那都是世界顶级的服装设计大师的作品。中间有一个男模特走上场,他的眼睛一下子直了,脑子里面嗡嗡乱响——那白色的衣服,倒八字的铜纽扣,里面是不是?……他情不自禁地冲上了舞台,翻开那个男模特的衣服,里面衬的竟然也是一块黄布!

他跪在那男模特的面前放声痛哭。

当听他讲完了他的故事后,全场的人都沉默良久。最后,一位设计大师说:"其实,所有的母亲都是艺术家!"

母亲的灵感

赏析／屹　然

　　母亲为了掩饰儿子衣服上的旧布，把纽扣排成倒八字形，后来一位设计师也把纽扣设计成倒八字形。母亲不是设计师，却走在了设计师的前面，我想那是对儿女的无微不至赋予了母亲灵感。

　　母亲对儿女的细心是任何人都无法超越的。任何可能使儿女受到伤害的漏洞都会在第一时间内精心堵上。

　　如果我们的母亲有什么神来之笔，千万不要诧异。有我们儿女们的存在，母亲们就都是艺术家。

> 她遗忘了生命中的一切关联，一切亲爱的人，而惟一不能割断的，是母女的血缘。

母 亲 的 心

● 文/叶倾城

朋友告诉我：她的外婆老年痴呆了。

外婆先是不认识外公，坚决不许这个"陌生男人"上她的床，同床共枕了五十年的老伴只好睡到客厅去。然后外婆有一天出了门就不见踪迹，最后在派出所的帮助下家人才将她找回，原来外婆一心一意要找她童年时代的家，怎么也不肯承认现在的家跟她有任何关系。

哄着骗着，好不容易说服外婆留下来，外婆却又忘了她从小一手带大的外甥外甥女们，以为他们是一群野孩子，来抢她的食物，她用拐杖打他们，一手护住自己的饭碗："走开走开，不许吃我的饭。"弄得全家人都哭笑不得。

幸亏外婆还认得一个人——朋友的母亲，记得她是自己的女儿。每次看到她，脸上都会露出笑容，叫她："毛毛，毛毛。"黄昏的时候搬个凳子坐在楼下，唠叨着："毛毛怎么还不放学呢？"——连毛毛的女儿都大学毕业了。

家人吃准了外婆的这一点，以后她再要说回自己的家，就恫吓她："再闹，毛毛就不要你了。"外婆就会立刻安静下来。

有一年国庆节，来了远客，朋友的母亲亲自下厨烹制家宴，招待客人。饭桌上外婆又有了极为怪异的行动。每当一盘菜上桌，外婆都会警觉地向四面窥探，鬼鬼祟祟地，仿佛是一个准备偷糖的小孩。终于判断没有人注意她，外婆就在众目睽睽之下夹上一大筷子菜，大大方方地放在自己的口袋里。宾主皆大惊失色，却又彼此都装着没看见，只有外婆自己，仿佛认定自己干得非常巧妙隐秘，露出欢畅的笑容。那顿饭吃得……实在是有些艰难。

上完最后一道菜，一直忙得脚不沾地的朋友的母亲，才从厨房里出来，一边问客人"吃好了没有"，一边随手从盘子里夹些剩菜吃。这时，外婆一下子弹了起来，一把抓住女儿的手，用力拽她，女儿莫名其妙，只好跟着她起身。

外婆一路把女儿拉到门口，警惕地用身子挡住众人的视线，然后就在口袋里掏啊掏，笑嘻嘻地把刚才藏在里面的菜捧了出来，往女儿手里一塞："毛毛，我特意给你留的，你吃呀，你吃呀。"

女儿双手捧着那一堆各种各样、混成一团、被挤压得不成形的菜，好久，才愣愣地抬起头，看见母亲的笑脸，她突然哭了。

疾病切断了外婆与世界的所有联系，让她遗忘了生命中的一切关联，一切亲爱的人，而惟一不能割断的，是母女的血缘，她的灵魂已经在疾病的侵蚀下慢慢地死去，然而永远不肯死去的，是那一颗母亲的心。

内心的烙印

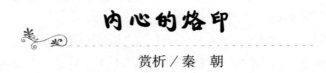

赏析／秦　朝

母亲患了老年痴呆，忘了共枕几十年的老伴，也忘了外甥外甥女们，惟独没有忘记自己的女儿——毛毛，没有忘记为女儿操心的习惯。

对女儿的记忆是母亲心中一个深深的烙印，当一切都在母亲的脑中遗忘后，对女儿的记忆却越来越清晰。

每个母亲的身体都会日益衰弱，精神也会日渐萎缩，但母亲对儿女的记忆，将会在心底烙印，随着年轮越来越深。

母亲的强大,归根于她追回孩子的强烈愿望,归源于那蕴涵了能战胜一切困难的神秘力量的母爱。

母爱的力量

● 文／[英]吉姆·斯陶沃

一天,生活在山上的部落突然对生活在山下的部落发动了侵略,他们不仅抢夺了山下部落的大量财物,还绑架了一户人家的婴儿,并把他带回到山上。

可是山下部落的人们不知道怎样才能爬到山上去。他们既不知道山上部落平时走的山道在哪里,也不知道到哪里去寻找山上的部落,甚至不知道如何去发现他们留下的踪迹。

尽管如此,他们还是派出了他们部落中最优秀、最勇敢的战士,希望他们能够爬到山上去,找回孩子。

他们尝试了一个又一个的方法,搜寻了一个又一个可能是山上部落留下的踪迹。尽管他们用尽了所有他们能想到的办法,但几天的辛苦努力也不过才前进了几百英尺。他们感到一些努力都是无用的,没有希望的,他们决定放弃搜寻,返回山下的村庄。

正当他们收拾好所有的登山工具准备返回时,却看到被绑架孩子的母亲正向他们走来,而且是从上往下走。他们简直无法想像她是怎么爬上山的。

待孩子的母亲走近后,才看清她的背上用皮带绑着那个他们一直在寻找的孩子。哦,真是不可思议,她是怎么找到孩子的?这群部落中最优秀、最勇敢的战士都迷惑不解。

其中一个人问孩子的母亲:"我们是部落中最强壮的男人,我们都不能爬到那么高的山上去，而你为什么能爬上去并且找回孩子呢？"

孩子的母亲平静地答道："因为那不是你的孩子！"

最强壮的人

赏析／文　丰

在平常的情况下，母亲和部落中的最优秀、最勇敢的战士相比，谁更厉害一目了然。

然而，孩子失踪了，却是母亲爬过了高山，找回了自己的孩子，母亲超越了最优秀、最勇敢的战士。

母亲的强大，归根于她追回孩子的强烈愿望，也归源于那蕴涵了能战胜一切困难的神秘力量的母爱。所以最优秀、最勇敢的战士输了，是意料之外，又在情理之中。

> 没有那残忍的母爱，她的人生绝不会像今天这样健康饱满。

母 爱 残 忍

● 文/徐 静

　　女友说，她三岁时被确诊为小儿麻痹症（脊髓灰质炎）。父母带着她到处求医，跑遍了附近大小医院，但医生都说是治不好了，瘫痪已成定局。后来终于找到了一个老中医，说可以治，但不能打保票治好，最多有百分之五十的希望。

　　这位老中医采取的是针灸治疗。常规治疗每次针灸五到七个穴位就足够，但由于她的病程长，肢体已经明显萎缩，医生便用强刺激以取得疗效。每次治疗，她腰部以下，两条腿上都要扎上三四十根银针，那痛楚根本不是一个小孩子可以忍受的。

　　施针过程要将近一个小时，她常常哭得嘴唇发紫，昏死过去。父亲在一旁咬破了嘴唇，一个大男人竟也忍不住哭出声来："孩她妈，咱不治了，咱回家，闺女残疾，咱养她一辈子，就别让闺女受罪了。"

　　母亲也早就哭肿了眼睛，却咬着牙说："不行，还得治。你要受不了，下次你就别来了。"

　　一个疗程十五天，隔三天进行下一疗程。整整一年时间，都是母亲带她去治疗的。回到家后，母亲还要给她做推拿按摩、拔火罐以及强迫她做肢体伸展弯曲，这些也都是极疼的，每次她都要哇哇大哭，但母亲毫不心软。

　　父亲经常因此和母亲吵架，母亲还是咬着牙坚持下来了。当时村里还有个女孩子，跟她同龄也得了这种病，也在那位老中医家里治

和天使一起成长

感动系列

疗。但只去了一两次就不再去了，因为父母太心疼孩子。

现在，那女孩子走路要靠双拐，生活要父母照顾，不能自立。而女友，则是一家大型纺织厂里的团支部书记，宣传骨干，经常组织各种活动，参加歌舞演出。我们一起去郊游、爬山，背着一二十公斤重的背包，一走就是大半天。谁也看不出来，她曾经瘫痪过。

女友说，她三四岁时已经记事了，对母亲一直是又恨又怕，觉得母亲心太硬，太过残忍。这么多年来，她对母亲，一直不及对父亲亲热。但长大后，就越来越感谢母亲，越来越感谢母亲当年对她的残忍。

没有那残忍的母爱，她的人生绝不会像今天这样健康饱满。我没有见过女友的母亲，但对她充满敬意。

深沉的母爱

赏析／絮　语

母爱往往明快鲜活，令人如沐春风，但母爱也有深沉的一面。

女儿治腿需要经受非人的折磨，父亲受不了，但母亲坚持住了，最终给了女儿一个挺立的人生。

苦一时，受益终生，母亲爱得深沉。为女儿计长短。要说残忍首先是对自己的残忍，毕竟母女连心。

当我们觉得母亲苛刻时，不要怨恨我们的母亲，世上没有会伤害自己儿女的母亲。母亲对儿女的爱明快而深沉。

在母亲的心中，自己的一切都可以作为为子女换取生存和幸福的筹码，生命的置换也在所不惜。

祈　　祷

●文／李燕翔

　　几天来吃饭时喉部常常有火辣辣的痛感。在母亲的反复催促下，妻子陪我在街道卫生所里做了一次检查。检查结果让我目瞪口呆，医生称我患上了致命的"喉癌"。当时我眼前一黑，万念俱灰。神情恍恍惚惚地回到家，强打精神对母亲称没有什么大事。在判处死刑缓期执行的日子里，我躺在床上靠数屋顶的椽子打发日子。

　　尽管我把病情对母亲守口如瓶，可时间不长母亲还是知道了真相。年近八旬的老母亲抱着我哭哑了嗓子……唉，眼看着白发人要送黑发人了。

　　从那以后，每天晚上母亲都跪在她供奉的菩萨面前为我祈祷。见此，我躺在床上发呆，两眼红肿的妻子来到床前，吞吞吐吐地对我讲母亲这几天不吃不喝好像患病了。我一听就急了，来到母亲面前提出要陪她去医院看病。她听后连连摆手拒绝。我明白，她不忍再给已负债累累的家庭增加经济负担。夜里，我含泪向妻子提出了陪母亲去市医院看病，有生之年再尽最后一次孝的要求，妻子含泪点头。第二天早晨，妻子谎称去市医院给我看病，想让母亲陪着一块儿去，母亲果然中计。到医院后，怕母亲看出什么破绽，我硬着头皮先做了一次检查，才哄着母亲做了一次细致的体检。

　　下午检查结果都出来了，我抓过来一看惊呆了：我患的是咽炎而不是喉癌，母亲却患有胃癌。母亲知道化验结果后，跪在医院的院子里老泪纵横："谢谢菩萨成全……"见母亲在地上长跪不起，妻子抽泣着对我说："自从你病后，妈每天晚上都向菩萨祈祷，把你的病转到她身上……"她从口袋里掏出一把黄纸条："你看这些都是母亲让我写好供她焚烧的。"我抓过那纸条展开看去，黄纸红字格外醒目：菩萨显显灵，母命换子命。

生命的置换

赏析／阳春雪

以自己的死亡换取别人的生存，这种"傻"事也只有一种人会做，那就是母亲。

儿子患了"喉癌"，母亲向菩萨祈祷：母命换子命。结果碰巧母子真的置换了境况，而母亲感动得老泪纵横。不管母亲是否信佛，母亲的祈祷就是那天使的圣言，将伴着儿子幸福到永远。

在母亲的心中，自己的一切都可以作为为子女换取生存和幸福的筹码，生命的置换也在所不惜。

再狡猾的罪犯也终会留下蛛丝马迹，就算逃得过警探的眼睛，却逃不过一个母亲的心。

母亲的直觉

● 文/子　鱼

已是六年前的事了。

那一天，是冬季里一个寻常日子，美国费城的一户人家却无端起火。瞬间即冲天，正是所谓水火无情。浓烟滚滚，嗜血鬼样的火舌贪婪地舔噬着屋檐下的一切，满耳皆是烈焰下不堪忍受的木料发出的劈啪声。

救火车呼啸而来，警戒线外，是一个呼天抢地的母亲，乱发纷飞，不顾一切地要冲进火海。她叫科瑞斯，原来，她刚从外面回来，而家里，有她出生仅十天的宝宝。

本以为不会有事，不过是去附近的超市买一些婴儿的尿片，走时，宝宝刚刚入睡，甜甜的睡态是那样沉醉。哪里想得到，竟会火起。似乎，一切的悲剧总是在人们猝不及防的时候造访，否则，又怎称得上意外？

这场火实在太大了，尽管它最终被扑灭了，但是，一切都无可挽回。科瑞斯踩着不甘退却的火苗冲进婴儿室，床上空空如也。小宝宝的尸骸遍寻不见——随之而来的人们残忍地告诉这位母亲，那团粉嫩的生命已经成了灰烬。

你有没有试过，心爱的东西被生生地掠夺？或者你就是一位母亲，那你就能体会科瑞斯全部的崩溃。我不知道，她最后是如何接受现实的，其中的煎熬与心碎，痛过千百次的烈火焚身。

和天使一起成长
感动系列

161

直到六年后……

那是一个朋友的生日派对,科瑞斯看到一个女孩,第一眼,就不由得呆住了:可爱的酒窝、美丽的黑发、似曾相识的眼神。一瞬间,强烈的直觉告诉她:眼前的女孩就是六年前在大火中"死去"的那个孩子。

科瑞斯急中生智,佯称小女孩的头发上粘了口香糖,然后借给她整理头发的机会拿到了五根头发。像福尔摩斯所做的那样,她找了一张干净的餐巾纸,小心翼翼地将头发包好,装在一个塑料袋里。因为她知道,做一个DNA检测,五根头发足矣。

六年的时间会怎样?沧海可变沧田,平地会起高楼,而对于一个婴儿,她的脱胎换骨又会是怎样的日新月异。所以,我们能不惊叹于一个母亲的直觉——DNA测试证明,小女孩果然是科瑞斯的女儿。

警方不得不对当年的那场火灾重新调查推断。曾被认为是电线短路造成的火灾,现在看来,是狡猾的犯罪分子将孩子偷走后故意制造的。案件很快就侦破了,偷走孩子的竟然是科瑞斯的一个远房亲戚。火灾当天,她曾远道来访,并称自己怀孕了,但此后再未上门,直到在那个派对上再次露面。

而科瑞斯也说出了久藏于心中的疑点:当我冲进女儿的房间后,床上什么也没有留下,但我发现,一扇窗户竟然是开着的,而当时是冬季——再狡猾的罪犯也终会留下蛛丝马迹,就算逃得过警探的眼睛,却逃不过一个母亲的心。失散六年的女儿终于回到了母亲的怀抱。

有一种说法,说是只要两个人互相思念,就会有一条看不见的线把他们连在一起,即使战争、疾病、误机、邮路不通……使他们阴差阳错地分离,但,这条线会越收越紧,而他们,终归有一天还会再见。

我也相信,世间确有一种爱,能创造这样的奇迹。

执著的爱

赏析／杨志豪

　　女儿"死"去六年后,母亲却凭着特有的直觉找回了女儿。这与其说是一个奇迹,倒不如说是母亲对女儿的一种执著,是这种爱的执著让母亲对女儿有非凡的直觉。

　　"知子莫若父",这句话同样适用于母亲,每个母亲对自己的子女都是天生的鉴别家,只因母亲对自己的子女都有一种恒久而执著的爱,对子女的一切都了如指掌。

　　母亲对子女的直觉,有先天的血脉联系,更有后天的执著爱恋。

母爱本身就是不可思议的，只有母亲才能理解母亲的举动。

盲道上的爱

● 文/张丽钧

　　上班的时候，看见同事夏老师正搬走学校门口一辆辆停放在人行道上的自行车。我走过去，和她一起搬。我说："车子放得这么乱，的确有碍校容。"

　　她冲我笑了笑说："那是次要的，主要是侵占了盲道。"我不好意思地红着脸说："您瞧我，多无知。"

　　夏老师说："其实，我也是从无知过来的。两年前，我女儿视力急剧下降，到医院一检查，医生说视网膜出了问题，告诉我说要有充足的心理准备。我没听懂，问有啥充分的心理准备。医生说，当然是失明了。我听了差点昏过去。我央求医生说，我女儿才二十多岁呀，没了眼睛怎么行？医生啊，求求你，把我的眼睛挖出来给我女儿吧！那一段时间，我真的是做好了把双眼捐给女儿的充分的心理准备。为了让自己适应失明以后的生活，我开始闭着眼睛拖地擦桌、洗衣做饭。每当给学生辅导完晚自习课，我就闭上眼睛沿着盲道往家走。那盲道，也就两砖宽，砖上有八道杠。一开始，我走得磕磕绊绊的，脚说什么也踩不准那两块砖。在回家的路上，石头绊倒过我，车子碰伤过我，我多想睁开眼睛瞅瞅呀，可一想到有一天我将生活在彻底的黑暗里，我就硬是不叫自己睁眼。到后来，我在盲道上走熟了，脚竟认得了那八道杠！我真高兴，自己终于可以做个百分之百的盲人了！也就在这个时候，我女儿的眼病居然奇迹般地好了！有天晚上，我们一家人在街上散步，我让女儿解下她的围巾蒙住我的眼睛，我要给她和她爸表演一回走盲道。结果，我一直顺利地走到了家门口。解开围巾，看见走在后面的女儿和她爸都哭成了泪人儿……你说，在这一条条盲道上，该发生过多少叫人流泪动心的故事啊！要是这条'人间最苦的盲道'连起码的畅通都不能保证，那不是咱盲眼人的耻辱吗？"

带着夏老师讲述的故事，我开始深情地关注那条"人间最苦的盲道"，国内的、国外的、江南的、塞北的……我向每一条畅通的盲道问好，我弯腰捡起盲道上硌脚的石子。

有时候，我一个人走路，我就跟自己说："喂，闭上眼睛，你也试着走一回盲道吧。"尽管我的脚不认得那八道杠，但是，那硌脚的感觉真切地瞬间从足底传到了心间。我明白，有一种挂念深深地嵌入了我的生命。痛与爱交织着，压迫我的心房。

就让那条盲道宽敞地延伸着吧！

忧患深情

赏析／李悦然

你有过闭着眼睛走路的经历吗？身陷黑暗中，总觉得把握不了方向，身体好像失去了平衡一般，脚步变得轻浮，让人心里总升起莫名的恐惧。所以我一直认为让一个明眼人当作瞎子来走路，那是不可能的，但这种不可思议的事有人能做到，那就是母亲。

母亲在女儿有失明的危机出现时，就开始准备把眼睛献给女儿后怎么自理。明眼人当瞎子，母亲做到了，这之中要克服多少困难不说，仅说要压制心中那种睁开双眼的欲望，就要多大毅力和多深的爱来维持啊！

即使现在，我仍不能十分理解，是什么样的爱让母亲成为有目瞎子。惟一的答案：母爱本身就是不可思议的，只有母亲才能理解母亲的举动。

母亲在儿女有事时总是祈祷院中的桂树，这种专一的执著映射出海一样深的母爱。

母亲的菩提树

● 文/佚 名

家乡老屋的后院里曾有一棵很高大的桂树，是母亲在我出生不久时栽种的。母亲称之为菩提树。

那时我身体瘦弱，经常生病，高烧不退。因为家里经济情况不好，生病的时候很少住院。每次发烧，母亲都会用一条沾湿了的毛巾放在我的额头，然后拿一炷香匆匆来到后院的桂树下点燃，跪下向神祈祷，让菩萨保佑我平安无事。或许是我的命大，或许是母亲虔诚的祈祷感动了上苍。每次我的病都能奇迹般地好起来。

母亲极是感动，对桂树越发地敬重起来，细心照料它，而且每遇大事，母亲都要来到桂树下面，烧上一炷香，许愿一番。

读书的时候，到了夏天，天气燥热，我耐不住屋里的高温，便把煤油灯和书桌移至桂树下温习功课。因为白天桂树宽大的枝叶遮住太阳，桂树下一片清凉。我一边做老师布置的作业，一边听桂树的枝叶在微风轻拂下发出轻微的响声，仿佛在我的耳边唱着一支动听的歌曲。

在我复习功课的时候，母亲每次都陪在我的身旁，用一把大蒲扇给我扇风，驱赶蚊虫。煤油灯的光亮照在母亲的脸上，我看见母亲满脸的皱纹和疲倦。但母亲始终微笑着，一副很欣然的样子。母亲一边给我摇着蒲扇一边对着桂树，嘴里轻轻念着："菩提树，我儿读书这么用功，您可要保佑他考中大学……"今天，每当回想当年的情景，我都非常感动,为我善良的母亲。然而母亲的菩提树终究不是万能的,它虽保佑我考进大学,但它却不能保佑我的姐姐从病魔中逃脱出来。我的大姐就是在满院桂花飘香的季节离开了人世。

桂树对母亲来说,不仅是保佑我们一生的神的象征,而且母亲还能从它身上取得许多有用的东西。到了八月,桂树上开满了桂花,风儿吹过,地上落满了缤纷的花瓣,母亲把它们扫起,晒干,做成桂花茶,供我们饮用。母亲说桂花茶清凉解毒,常喝人不会生病。我不知是否有此一说,但每次喝桂花茶,都觉得清宜爽口,香甜无比。

大学毕业后,我在离家遥远的城市工作,而后又去了南方闯荡。虽然我已长大成人,可是母亲却一直对我放心不下,牵肠挂肚,每次来信,问寒问暖,信里说:"后院的桂树已经砍去,我虽不能去桂树下为你烧香求愿了,但每日在心里我都为你祈福,愿你平安地出去,平安地回来。"那一刻,我热泪盈眶。原来母亲的桂树早已种在她的心里了……

观音情怀

赏析／乐 平

作者在文中平淡地叙述母亲琐碎的细节,但就是这种平淡和琐碎流露出了母子深情,这种情正如静海深水,幽深而不可测。

母亲在儿女有事时总是祈祷院中的桂树,这种专一的执著映射出海一样深的母爱。

母亲把桂树当作菩提树,其实她本人就是菩提树,母亲就是儿女的观音,用她那慈悲而又深沉的爱喂养着儿女成长。

我们的母亲就是我们世界里救苦救难的观音,但要体会她们的大慈大悲又要从她们的烦琐、平淡的细节中看。

　　我永远无法正面作出回答，我只知道小白鼠用
自己的血肉刻写了两个耀眼的大字:母亲。

母爱超越生命

●文/魏　强

　　我所做的医学实验中的一项，就是要用成年小白鼠做某种药物
的毒性试验。在一群小白鼠中,有一只雌性小白鼠,腋根部长了一个
绿豆大的硬块,便被淘汰下来。

　　我想了解一下硬块的性质,就把它放入一个塑料盒子中,单独饲
养。

　　十几天过去了,肿块越长越大,小白鼠的腹部也逐渐大了起来,
活动显得很吃力。

　　我断定,这是肿瘤转移产生腹水的结果。

　　有一天,我突然发现,小白鼠不吃不喝,焦躁不安起来,我想,小
白鼠大概寿数已尽,就转身拿起手术刀,准备解剖它,取些新鲜肿块
组织进行培养观察。

　　正当打开手术包时,我被一幕景象惊呆了。

　　小白鼠艰难地转过头,死死咬住已有拇指大的肿块,猛地一扯,
皮肤裂开一条口子,鲜血汩汩而流,小白鼠疼得全身颤抖,令人不寒
而栗。

　　稍后,它一口一口地吞食将要夺去它生命的肿块,每咬一下,都
伴着身体的痉挛。

　　就这样,一大半肿块被咬下吞食了。

我被小白鼠这种渴望生命的精神和乞求生存的方式深深地感动了,收起了手术刀。

第二天一早,我匆匆来到它面前,看看它是否还活着。让我吃惊的是,小白鼠身下,居然卧着一堆粉红色的小仔鼠,正拼命地吸吮着乳汁。

数了数,整整十只。看着十只渐渐长大的仔鼠没命地吸吮着身患绝症、枯瘦如柴的母鼠的乳汁,我知道了母鼠为什么一直在努力延长自己的生命。

那一天终于来到了。在生下仔鼠二十一天后的早晨,小白鼠安然地卧在鼠盒中间,一动不动了,十只仔鼠围满四周。我突然想到,小白鼠的离乳期是二十一天。也就是说,从今天起,仔鼠不需要母鼠的乳汁,也可以独立生活了。

面对此景,我潸然泪下。

抗击死神

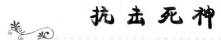

赏析／尤 里

身患绝症的小白鼠用吞食自己血肉的方式来延长一点点生命,在明知必死的情况下,这是对自身怎样的残忍和冷酷。

然而在这样的残忍和冷酷的后面是小白鼠的儿女得以出生,她以自己的血肉换来了儿女的生命,并在她的儿女乳期结束后才撒手西归,这是怎样顽强的生命意志,有谁能回答?

我永远无法正面作出回答,我只知道小白鼠用自己的血肉刻写了两个耀眼的大字:母亲。

在任何母亲的眼里，儿女事无小事。任何他人眼中的小事，都足以激发母亲们超越生命的力量。

金钱豹的故事

●文/樊富庄

　　一天，著名动物标本制作师爱克兰正背着猎枪在非洲索马里的热带雨林四处张望，忽然，一只金钱豹趁他不备时对他发起进攻。爱克兰被豹子扑倒在地，胸膛也被它那锐利的爪子狠狠地压住了，不过，豹子没有咬住爱克兰的喉管，却咬住了爱克兰的右手腕。

　　在这危急关头，爱克兰忍着剧痛，举起左手将一梭子弹射入豹子的腹部，鲜血从它的体内不断地流出来，不一会儿，豹子大嘴张开，倒在地上。

　　爱克兰这才松了一口气，跑到附近的一棵大树下，急忙把伤口包扎好，等爱克兰重新回到金钱豹倒下的地方时，发现它已不翼而飞。

　　难道它没有死？爱克兰仔细查看草地，他终于看到地上有一条长长的血带，断断续续地向前方延伸过去。他顺着血迹，一步步搜索过去。血迹和被压倒的花草痕迹，把爱克兰引到了一棵巨大的沙松树跟前。

　　他抬头一望，一条长长的豹尾和两条毫无生气的后腿从树洞口耷拉下来，鲜血染红了洞口的树干。爱克兰心中一阵纳闷，这只金钱豹正是刚才和自己搏斗的那只豹子，可是，它是怎么跑到这里来的呢？它又为什么要爬到这个树洞里去呢？

　　爱克兰大胆地踮起脚跟向树洞里望去。啊！他惊喜地叫了一声，他看见了两只豹崽正依偎在金钱豹的怀里,起劲地吸吮着奶头。它们浑身沾满了血,不停地往母豹怀里拱。

爱克兰受到了很大的震动,原来是伟大的母爱使这只金钱豹重新回到了自己孩子的身边。

爱克兰的眼睛模糊了。

后来,爱克兰把两只小豹崽送给了国家动物园,把那头母豹制成了一个漂亮的标本,他在标牌上写着:"为了两只刚出生的孩子,这头母豹在弥留之际,竟爬了千余米长的距离,重新回到窝里,用血和剩下的一点乳汁拯救了它的孩子。"

距离里的爱

赏析／罗　索

千余米的距离在我们正常人的眼中,它不太长也不太短,每个人都能轻松走完。但如果我们身受重伤,血流不止的话,我想那时不要说千米,可能咫尺都是天涯了,千米变成十万八千里。

然而被爱克兰用一梭子弹打成重伤的金钱豹办到了,而且金钱豹完成这十万八千里壮举的目的只是为了给两只幼豹哺乳。

我能理解,在任何母亲的眼里,儿女事无小事。任何他人眼中的小事,都足以激发母亲们超越生命的力量。

母亲的儿女可能会有抱养和生养，母亲的爱却不会有抱养和生养之分。

母亲的记性

● 文/莫小米

某城市报纸的编辑部收到一封言词恳切的信，是一位母亲写来的。三十年前这位母亲因家庭贫困将亲生女儿送了人，而最近，她想见一见孩子的念头愈来愈强烈，便想到了媒体，"能通过你们寻找我的女儿吗?我没有任何要求，就想见一见她。"信中附了女儿小时的照片。

对此编辑部意见不一，骨肉团聚自然是好事，又怕扰乱了另一个原本平静的家庭。这时，有位中年女编辑讲了一段故事——

那是一个很普通的、爱唠叨的女人，甚至她唠叨的内容也平淡无奇。她有个女儿，她总是不厌其烦地述说着生养女儿的种种细节：

你们知道我怀孕那时，反应可比谁都重哪，一动就要吐，一动就要吐的呀。医生让我在床上躺着，奖金都扣了好几个月呢……

快要生了，医生说胎位不正，小家伙头不肯掉过去，犟脾气从小就生好的呢……

难产，当然是难产啦。痛得我以为要死掉，又是大热天，人像水里捞出来一样……

是的呀，我生这孩子年纪不轻了，现在老是腰酸，就是那时落下的……

这类话永远有人听，尤其是快做母亲的女人；这类话永远有人说，毕竟做母亲的过程刻骨铭心。但有些人随着岁月流逝孩子长大渐渐也就少说或不说了,只有那个女人一直兴趣盎然地说着说着,熟悉她的人发现她越说越详尽,越说越枝繁叶茂了。有人说她记性可真好啊。

说穿真相是残酷的,所以周围几个知情人很默契地从来也不去点破她。事实是,那个女儿是她抱养的,她从未生育。

女编辑讲完后补充一句:这可是真事儿。

已经写好的寻人稿件被暂时压了下来……

母爱的弱点

赏析／汤维堪

小说中抱养女儿的母亲总是讲述自己生育的事情,且越讲越详尽,直说得刻骨铭心,让人感同身受。

母亲一遍遍的重复,其实是一种掩耳盗铃的行为。那是为了克服女儿不是自己生养的而可能失去的恐惧,母亲不自觉地用那种神经质的叙述来减轻那来自心灵深处的恐惧。

谎言重复一百遍就有可能成为真理,母亲就是想从心中让自己也认为女儿是亲生的,只因母亲心中对女儿的爱已超过了亲生的了。

母亲的儿女可能会有抱养和生养,母亲的爱却不会有抱养和生养之分。

妈妈心中只藏着儿女的愿望，以至于连爸爸海一样的深情都没能看出来，妈妈已忘了自己也需要人关怀。

一只背袋

●文/［捷克］米洛斯拉夫·茹拉夫斯

那是第一次世界大战期间，父亲上前线去了，妈妈独自一人带着我和妹妹，住在里沃夫城外的一个小村子里。

当时，我和妹妹都小，记不得爸爸的模样了，只从照片上见过。不过，妈妈总是给我们讲起爸爸。

于是，我们也经常缠着妈妈要爸爸。妈妈总哄我们说，爸爸快回来啦，因为眼看着仗就要打完了。然而，战争总是结束不了。此后，妈妈终于对我们说了实话：父亲还在意大利前线作战。

我们的妈妈向来坚强，我从未见过她流泪的时候。晚上，妈妈一封接一封地给前线的父亲写信。父亲的信也时时从前线寄到家，灰色的信封，信封上盖着式样各异的邮件检查机关和战地邮局的邮戳。每当妈妈接到爸爸的信时，总是一边读，一边随口讲给我和妹妹听。

有一次听妈妈说，爸爸负伤住到了野战医院，伤好后再不能回前线打仗，就调到了军需机关。这样，爸爸很快就有希望回趟家，还一定会给我们背回一袋子好吃的东西。

我和妹妹猜想，那袋子里装的是大块大块美味的腌猪肉，在当时，那可是我们最高的奢望。于是，每个晚上睡觉前，我们都盼着父亲背回满满的一袋子又酥又香的腌猪肉来。

爸爸终于回来了，他把身上的背袋往墙角一放，就过来拥抱我们，袋子比我们设想的还满。我们缠住爸爸不放，和他在一起的快乐无穷无尽,爸爸浑身上下是炸草味和朗姆酒味,他把我和妹妹抱在膝上,没完没了地逗我们,还让我们玩他胸前佩戴的十字勋章和各式立功奖章。用他久未刮过的硬胡碴扎我们的脸蛋。爸爸高兴得啥都忘了。

后来,只有墙角的那只又大又满的背袋吸引我们的注意——里面装着神奇诱人的美味,最好吃的当然是那腌猪肉。想着想着,口水就禁不住往下流。

我和妹妹没有睡着,妈妈进屋时,我俩假装着睡熟了,一动不动地躺着,眯缝着眼偷偷往外瞧。妈妈站住了,盯着那个袋子,好像她也终于忍不住了,弯下腰,吃力地搬起背袋——背袋装得太实了——把东西全倒在桌子上。

看着眼前的景象,我和妹妹不禁惊呆了。失望、委屈,又感到害怕:桌子上堆的全是信,用绳子捆好的一沓沓蓝色、白色、灰色、红色的信封,信封上是邮件检查机关和战地邮局的红邮戳。这些信我们太熟悉了,因为它们是在战争年月里,妈妈写给爸爸的全部家信,而且是数不清的晚上,妈妈写完后交给我和妹妹投到邮筒里的。信,信,从这个大背袋里倒出来的全是信,摞满了整整一个桌子,还几乎往下掉。

此时此刻,从来没有流过泪的妈妈,第一次在我们面前哭了。起初,她小声地抽泣,泪水顺着面颊往下流;她用双手捂住眼睛,泪又顺着指缝往下流。妈妈摇头想止住,但是没用,她最终控制不住自己,便放声大哭起来。

爸爸进来了,看到妈妈对着那个空背袋哭成这个样子,他似乎明白了一切:妈妈没有在那里面找到她盼望的腌猪肉。

爸爸心里也难过起来。妈妈就这样一直哭着,始终不让爸爸挨近她……

愿望连心

赏析／丁　西

兄妹一直渴望袋子里面的是大块大块且美味的腌猪肉，妈妈打开背袋后，却是一袋子妈妈写给爸爸的信。

妈妈在此时第一次哭了，看到这里，我想应该是妈妈被爸爸的深情所感动了。但接下去，我才明白自己误解了妈妈眼泪的含义：妈妈是在为没看到腌猪肉，无法满足兄妹俩的愿望而哭。

妈妈心中只藏着儿女的愿望，以至于连爸爸海一样的深情都没能看出来，妈妈已忘了自己也需要人关怀。

我们都是妈妈的儿女，我们都有很多很多的愿望，多希望我们的愿望不要伤害到我们的妈妈。

静静地、默默地为儿女伸着双手,永远为儿女们撑起一片宁静而温馨的天空,永不离弃。

母 爱 无 言

●文/佚 名

听说过两个有关母亲的故事。

一个发生在一位游子与母亲之间。游子探亲期满离开故乡,母亲送他去车站。在车站,儿子旅行包的拎带突然被挤断。眼看就要到发车时间,母亲急忙从身上解下裤腰带,把儿子的旅行包扎好。

解裤腰带时,由于心急又用力,她把脸都涨红了。儿子问母亲怎么回家呢? 母亲说,不要紧,慢慢走。

多少年来,儿子一直把母亲这根裤腰带珍藏在身边。多少年来,儿子一直在想他母亲没有裤腰带是怎样走回几里外的家的。

另一个故事则发生在一个犯人同母亲之间。

探监的日子,一位来自贫困山区的母亲,经过乘驴车、汽车和火车的辗转,探望服刑的儿子。在探监人五光十色的物品中,老母亲给儿子掏出用白布包着的葵花子。葵花子已经炒熟,老母亲全嗑好了。没有皮,白花花的像密密麻麻的雀舌头。服刑的儿子接过这堆葵花籽肉,手开始抖。

母亲亦无言语,撩起衣襟拭眼。她千里迢迢探望儿子,卖掉了下蛋的鸡和小猪崽,还要节省许多的开支才凑足了路费。来前,在白天的劳碌后,晚上在煤油灯下嗑瓜子。嗑好的瓜子肉放在一起,看它们像小山一点点增多,不舍得吃一粒,十多斤瓜子嗑亮了许多夜晚。

服刑的儿子垂着头。作为身强力壮的小伙子,正是奉养母亲的时候,他却不能。

在所有的探监人当中,他母亲的衣着是最褴褛的。母亲一口一口嗑的瓜子,包含了千言万语。

儿子"扑通"给母亲跪下,他忏悔了。

一次,一结婚不久的同龄朋友对我抱怨起母亲,说她没文化思想不开通,说她什么也干不了还爱唠叨。于是,我就把这两个故事讲给他听。听毕,他泪眼朦胧,半晌无语。

静默的爱

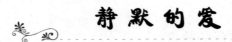

赏析／水 手

这两则关于母亲的故事,使我很受感动。

第一则故事让我想起以前的无数次离家,我每次都是离家心切,从来没有关注过母亲送别时的神态,现在想起来,母亲在我离家时总是叫我的乳名,现在我明白了那时母亲的深深挽留。

第二则故事更让我感受到了一个做母亲的境界,静静地、默默地为儿女伸着双手,永远为儿女们撑起一片宁静而温馨的天空,不管儿女何种境况,永不离弃。

> 她用她的血肉和不可思议的意志力完成了母亲
> 的天职,她不愧是"一个全身上下都闪烁着母爱光辉
> 的女人。"

伟 大 母 爱

●文/刘 卫

这是一个不幸的女人,在一个风雨交加的夜晚,她被一辆车撞飞
出去,而肇事车却在茫茫夜色中逃逸。她又是幸运的,交警队和医疗、
保险、社会保障等部门统筹协调,刚刚开通了"交通事故绿色生命通
道",使她在第一时间得到了最好的医疗救护。

自入院以来,她一直昏迷不醒,医生说她脑部神经受到损伤,也
许永远醒不了。她还怀有身孕,已经五个多月了,出于治疗上的需要,
应该引产。她从神经外科转到妇产科病房,医生却迟迟下不了决心实
施这个手术,因为她腹中的胎儿不仅发育正常,而且在一些生命指数
上,高于同孕期胎儿,这简直就是一个奇迹!

她的身世也是个谜。在事故现场,遗落着她简单的行装,按她带
的身份证联系几千里之外的一个城市,却证实身份证是假的……尽
管如此,她仍得到了产科医护人员最精心的治疗护理,她们愿意与她
共同呵护一个生命。时光在她的昏睡中一天天地过去,后来她被推进
了产房,再后来医生骄傲地宣布,新生儿是个五公斤重的男婴,健康
极了。那一刻,有掌声响起。

护士小姐把她的孩子抱来给她看, 她们惊喜地发现她胸前濡湿
了一片,有乳汁分泌,于是小心翼翼地把婴儿的嘴贴上去,随着婴儿
本能的吸吮,她脸上的肌肤竟然在微微颤动,那分明是在笑啊!此后,
每当护士把她的孩子抱来吃奶时,她的脸上都会出现这种幸福洋溢

的表情,有时嘴里还会发出含混不清的音节。神经科医生推断:她的大脑可能一直是有意识的、清醒的,只是神经中枢的传导出了问题,使她失去了语言与行动能力,无法表达自己的思想与感觉。

她的身体虚弱到了极点,母乳喂养,只能加速她的衰竭。可是,谁又能忍心剥夺这样一位母亲哺乳的权力?三个月后,在又一次让孩子吃得饱饱的以后,她平静安详地离开了这个世界。她入院时体重一百二十一斤,分娩后八十六斤,临终前只有六十三斤。她是在用自己的血肉孕育、哺育这个孩子。本来她生下他后,就可以"走"的,可是她怕自己的孩子没有奶喝,怕他觉得孤独,又坚持着在人生路上陪着他走了一段。她走后,我们权衡再三,选择了让儿童福利院收养她的孩子。

依据有关政策,她的丧葬费只有几百元,这是不能把一个人体面地打发上路的。交警队事故科的同志凑了两千元钱,请护士小姐们给她买几件新衣服。护士长却说:不用了,我们都已经准备好了。那一天,医院里所有医护人员都去送她……后来我们用这点钱给她买了块平价墓地,没有她的名字、生平,所以墓碑上只有一行文字:"一个全身上下都闪烁着母爱光辉的女人。"

让我哭泣的母爱

赏析／脚 夫

看完这个故事,我的眼泪悄悄地流下了。

因事故而永远昏迷的女人,她不能言语,不能行动,但她圣洁的母爱却在不断地延续。一个健康的新生儿硬是从她那残躯中诞生了。前后几个月,她从一百二十一斤到八十六斤再到六十三斤。她用她的血肉和不可思议的意志力完成了母亲的天职,她不愧是"一个全身上下都闪烁着母爱光辉的女人。"

说母亲是世界上意志力最强的人,我们不会再有怀疑。

> 妈的怀抱很温暖，我知道那就是母爱。我还知道，这份母爱能产生奇迹，它能让公鸭子下出蛋来。

鸭　蛋

●文/安　勇

　　妈用房檐下挂着的一长串苞米换回了四只摇摇摆摆的小鸭子。从此，每天放学后我有了一项放鸭子的工作。妈说："二勇，鸭子长大了就能下蛋，下了蛋，妈就煮给你吃。"我不由自主地"吧嗒、吧嗒"嘴儿，妈的话里有一股香甜的鸭蛋味。

　　四只鸭子好像特别理解我的心情，都很争气地迅速长大了。从长着黄绒毛的小不点儿，变成了披着白羽毛的大鸭子。几乎每天我都要问妈，它们什么时候能下蛋。我一问，妈就仔细地看看鸭子们，说："快了，用不了几天了，二勇就要吃到鸭蛋了。"妈的话让我充满希望，我在鸭栏的角落里放下一捆稻草，对每只鸭子嘱咐一遍："记住，你有蛋不要随便乱下，一定要到草上去下。"

　　一天放学回家，妈捧着两只手说："二勇，猜猜妈手里有什么？"我一下喊出了"鸭蛋"两个字。妈打开手，在她的掌心里果然躺着一颗鸭蛋。鸭蛋是椭圆形的，蛋皮上泛着淡淡的绿光，看上去美极了。当晚，我尽最大的努力放慢进食的节奏，从蛋清到蛋黄，一点儿一点儿地吃下了那只漂亮的鸭蛋。鸭蛋的味道和我想像的一样香甜，仔细品品好像还有一股特别的滋味。妈说："那是你劳动的味道。"

　　从那天以后，我放鸭子的热情更高了。鸭子们也善解人意，下蛋的热情很高涨，每天放学后，妈都会给我一只鸭蛋。

　　除了鸭子，我家还养了两头猪。妈每天都要到地里给猪们挖一篮子野菜。最近一段时间,我发现妈每天挖菜回来都非常晚,我想,也许是附近地里的菜不多了,妈去了更远些的菜地。

有一天晚上,在河边放鸭子时我遇到一个打渔的老爷爷。他指着我的鸭子夸它们长得好。我自豪地扬着头说:"当然了,它们每天都下一只蛋呢!"老爷爷看看鸭子,摇摇头说:"公鸭子也能下蛋,没听说过,从来没听说过。"老爷爷走远了,我心里却有些疑惑,难道我养的真是公鸭子吗?那鸭蛋又是哪来的呢?

我提前赶着鸭子回了家,妈还没回来。把鸭子关进栅栏里,我躲在杨树后,盯着妈挖菜回来的那条路。过了一会儿,妈从路上走了过来。让我纳闷儿的是,她的胳膊上不是一只菜篮,而是一左一右挎着两只菜篮。经过家门口时,妈没进家门,径直向村子里走去。我一路跟着妈,最后来到了小强家门前。妈把一篮菜递给了小强妈,又从小强妈的手中接过了一件东西。我看清了,那是一只椭圆形的鸭蛋。

当天晚上,妈把鸭蛋放到我面前,我看着她被挖菜刀磨出一排老茧的手,哽咽着说:"妈,我都看到了,以后再也不想吃鸭蛋了。"妈没说话,紧紧把我搂在怀里。妈的怀抱很温暖,我知道那就是母爱。我还知道,这份母爱能产生奇迹,它能让公鸭子下出蛋来。

母爱的魔法

赏析／月牙儿

    我们是幸福的一代,苦难远离我们,我们都不曾为一个鸭蛋"吧嗒、吧嗒"嘴儿。但我们一定有过非常渴望某物而被母亲满足后的心境。

    母亲为了满足儿子吃鸭蛋的愿望,母亲竟然让公鸭生蛋了,但代价是母亲更晚回家,手上长了一排老茧。

    我们小小的心灵中都装满了许多许多的愿望,这些愿望,有些母亲可以帮我们实现,有些是母亲做不到的。我们有像文中的儿子一样挖掘母亲让公鸭生蛋的奥秘吗?

　　母爱就融化在我们生活中的每个角落，我们不用寻找，也不用渴望，更不用种相片。

种 相 片

●文/孙 禾

　　老师来了。

　　"老师真漂亮！"老师来了，小女孩情不自禁地叫了起来。

　　老师笑笑。老师笑的时候两个脸蛋像开了两朵花，一条大摆裙从腰际滑至脚底，让人有经过闷热之后淋一场雨的快感。

　　老师讲课前，先检查头天布置的家庭作业。老师在教室里来回走动着，当走到一女孩身旁时，小女孩又突然冒出一句：

　　"老师，您长得真像我妈妈。"

　　老师笑着轻轻拍拍小女孩的头说："真的吗？"

　　小女孩使劲地点了点头。小女孩感到惬意极了，小女孩已很久没有这种感觉了。小女孩好想投入老师的怀抱，就像投入妈妈怀抱时那样的自然，那样的理所当然。

　　老师开始上课。

　　老师的声音很甜很脆，有和风轻拂风铃的感觉。

　　老师从她带到教室的一摞书上，拿出一个大信封，同学们都惊奇地把目光聚焦在这信封上，想刺破这只有一层纸的秘密。

　　老师轻轻打开信封，取出一颗黄豆般大小的黑色颗粒。老师说："这是种子……"

　　老师的声音很缓，像是被一阵泥土的芬芳托出的。

　　听到种子，小女孩那如种子般圆润充实的眼睛睁得更大了，像有一种灵性,把以往遗落的目光一一拾起而重新集结起来。

"种子种在土里,经过浇水、施肥、除草、捉虫,就可以发芽、开花……"老师讲了很多。

老师的话在小女孩的眼里湿润起来。

放学后,小女孩跑着回家。

打开门。冲进屋里。把书包扔在床上。找钥匙。打开抽屉。翻出日记本。从日记本里倒出一个纸包。打开纸。一层。两层。再打开一层。从里面抖出一张照片。拾起来贴在胸前。

随即,有两颗硕大的泪珠从小女孩的眼里溢出,砸在抽屉里的纸上,飞溅的泪花潮湿了小女孩所有的记忆。

小女孩捂着那张照片独倚在门旁。

突然,小女孩就跑向后院,在一片空地上蹲下,用两只小手狠命地刨泥土。不大一会儿,地上便有一个小坑。小女孩把脏兮兮的小手在腿上噌了噌,小心地从怀里取出照片,托了一会儿便笑了。

小女孩把相片放入坑里,小心地填满了泥土。小女孩静坐起来,眼睛痴痴地盯着那个刚填满新土的土坑。她好像在等待着什么。

小女孩趴在那儿睡着了。

小女孩又梦见了老师,长得像她妈妈的老师。

老师抚了抚她的头,问道:"你这是干什么?"

小女孩说:"种相片。"

"种相片?"老师有些疑惑,又说:"谁的相片呀?"

"妈妈的。"小女孩说。

老师笑了,又抚了抚小女孩说:"把相片种起来干什么?"

小女孩说:"我妈妈死了,我很想妈妈,我把妈妈的相片种在这里,我好好浇水、施肥,妈妈不是很快就可以长出来了吗?"

老师哭了。

小女孩弄不明白,忙问老师:"老师您哭了,老师您为什么哭呀?老师您为什么不高兴呢?我很快就可以看见我妈妈了,我妈妈和您长得一样漂亮,真的,不骗您。"说完,小女孩又把她那如种子般圆润充实的眼睛投向老师。

老师一下子拥住小女孩,把脸紧贴在小女孩头上,笑着把两行泪轻轻淌到小女孩脸上。小女孩感到好烫好烫……

突然,电闪。雷鸣。

天哭了。

爱的烙印

赏析/奔 涌

漂亮的老师像母亲,小女孩就想投入她的怀抱。小女孩渴望妈妈的温暖,才有了小女孩种相片这样令人心酸让天地也为之哭泣的举动。

我们都有一位随时可以投入怀抱,任我们撒娇,任我们调皮的母亲。母爱就融化在我们生活中的每个角落,我们不用寻找,也不用渴望,更不用种相片。

母亲是儿女心中最美好最隐秘的烙印,永远都无法抹去。